Alexa Young

Traduit de l'anglais (États-Unis) et adapté
par Jean-Noël Chatain

À paraître

Meilleures ennemies, tome 2 :
À la vie, à la mode
Meilleures ennemies, tome 3 :
Duo-duel au défilé
Meilleures ennemies, tome 4 :
Frankenstyle !

© Michel Lafon Poche, 2012, pour la présente édition
pour la traduction française
7-13, boulevard Paul-Émile-Victor – Île de la Jatte
92521 Neuilly-sur-Seine Cedex
www.michel-lafon.com

Pour Joël et Jack

Tu m'as manqué, je t'adore,
je suis sincère...

*H*alley Brandon avait survécu à l'impossible, deux mois entiers loin de sa meilleure amie au monde. À présent, elle était enfin de retour chez elle.

Sa mère n'avait pas sitôt garé sa Mercedes décapotable couleur champagne que Halley en descendait déjà pour traverser à toutes jambes leur salon ultramoderne et filer au jardin qui jouxtait la propriété d'Avalon Greene.

Elle se faufila entre les battants de la grille en fer forgé et longea sur la pointe des pieds l'éblouissante piscine panoramique des Greene qui étincelait comme une aiguemarine sous le soleil de la Californie du Sud. Avalon lisait dans son coin habituel, près de la table en mosaïque du patio, ses longs cheveux blonds masquant son visage comme un voile. Jusqu'à cet été, Halley passait les mois de juin, de juillet et d'août ici, à siroter du thé glacé à la pêche et à défier son amie à la natation.

Mais au printemps dernier, elle s'était inscrite au stage de l'université de Berkeley destiné aux artistes en herbe et, dès lors qu'elle eut la chance d'être acceptée, il lui fut impossible de ne pas y aller.

Au début, Avalon ne mesura pas toute l'importance de cette sélection aux yeux de Halley et tenta même de la dissuader de partir, mais elle finit par comprendre et se réjouit sincèrement pour son amie.

Halley se glissa en silence sur sa chaise longue préférée et poussa un soupir.

— Beau temps, n'est-ce pas ?

— Waouh ! J'hallucine ! s'écria Avalon en bondissant hors de son fauteuil. Tu es rentrée !

Elle se précipita vers Halley et lui sauta dessus en l'étreignant de toutes ses forces. Les deux filles gloussèrent, tandis que Halley retenait les larmes qui risquaient de brouiller son regard bleu intense.

— Ça alors ! lança Avalon, qui se redressa d'un bond en tendant les bras à Halley. Je n'arrive pas à croire que tu sois déjà de retour !

— Et pourtant, si ! répliqua Halley en riant.

Elle passa rapidement un doigt sous son œil humide avant de laisser son amie la tirer de son siège.

— C'est dingue ce que tu m'as manqué ! reprit Avalon en secouant la tête.

Ses yeux d'une profonde nuance chocolat se baissèrent sur la *french* manucure parfaite de ses ongles d'orteils.

— C'était horrible sans toi, ajouta-t-elle.

— Je sais, mais…

Au moment où Halley s'apprêtait à lui raconter par le menu son séjour à Berkeley, elle entendit aboyer et se tourna pour découvrir leur petite chienne. Issue d'un croisement de golden retriever, Pucci – clin d'œil au styliste favori à la fois de Constance Greene et d'Abigail Brandon, alias les « Mam's » – surgit à l'angle de la maison de style espagnol et peinte dans des tons safran. Avec la même ardeur qu'Avalon une minute plus tôt, Pucci bondit sur Halley et la couvrit de grands coups de langue mouillés.

— Oh, ma Pucci ! Tu m'as manqué aussi, ma petite Pucci-Pucci-pooch ! s'écria-t-elle en prenant le chiot dans ses bras pour s'affaler de nouveau dans la chaise longue. Je n'en reviens pas que tu aies autant grandi !

Pucci aboya en direction d'Avalon, et le regard de Halley revint vers sa meilleure amie.

— J'hallucine ! Pucci n'est pas la seule à s'être... développée ! reprit Halley, qui hurla presque en découvrant la poitrine d'Avalon dont les bonnets A avaient quasiment doublé de volume depuis juillet.

Avalon grimaça :

— Hé, t'occupe pas de mes fifilles.

— Je crois qu'à ce stade, ce sont plutôt des dadames ! pouffa Halley.

— Hmm..., fit Avalon, dont le visage s'assombrit légèrement.

Sentant qu'elle s'avançait en terrain miné, Halley se dit qu'elle devait faire machine arrière. Sur-le-champ !

— En tout cas, avec ou sans ces nouveaux atouts, tu as un look d'enfer ! enchaîna-t-elle avec un sourire radieux, en s'adossant à la chaise longue. Tu es super bronzée, et cette jupe est géniale.

— Merci. C'est une Stella McCartney. Je sais qu'on s'habille plutôt en boutique, mais en juillet j'ai eu vent d'un arrivage dingue de modèles Stella dans les grands magasins. Alors, j'ai pas pu résister !

Avalon pencha la tête et ses yeux se promenèrent depuis les longues boucles brunes de Halley jusqu'à la pointe de ses boots vintage couleur lavande.

— Ce sont… des santiags ?

— Exact !

Halley attendait qu'Avalon l'interroge davantage au sujet de son ensemble : un caraco gris soyeux et un bermuda noir, agrémentés d'une ceinture lie-de-vin.

Le bermuda appartenait en fait à Chad Rollins, le prof de graphisme ; le voler dans sa chambre avait constitué le summum de sa participation au jeu Action-Vérité, pendant son stage artistique.

— Waouh… mignon, lâcha Avalon en plissant le nez.

— Quoi ? s'étonna Halley. Tu ne trouves pas mon look méga top ?

— Hmm… oui, dit Avalon en hochant la tête et en écarquillant les yeux d'un air innocent.

— Pourquoi j'ai des doutes ?

— Ben…

Halley se tourna vers la piscine, puis fit volte-face et la regarda droit dans les yeux :

— OK… tu veux une réponse franche ?

— Bien sûr.

Halley et Avalon ne s'étaient jamais rien caché… Les meilleures amies servent à ça, pas vrai ?

— Au mieux, c'est un look limite. Je veux dire, il fait dans les 27 °C – pas vraiment un temps à porter des boots – et puis, reviens sur terre ! Il faut autre chose que des bottines et des accessoires dans le violet pour rehausser du gris et du noir.

Halley n'en croyait pas ses oreilles… Sa meilleure amie venait de qualifier sa tenue de limite ! Depuis l'école primaire, elles s'amusaient à noter pratiquement tout ce qu'elles portaient en « top, beurk, limite ». Par ailleurs, on avait recours au « limite » uniquement en cas d'urgence vestimentaire… Ce n'était pas du tout le cas ici.

— Ça m'est égal, dit Halley en dédaignant les conseils *fashion*.

Si sa meilleure amie détestait une chose, c'était qu'on lance une tendance avant elle. Avalon était peut-être tout bonnement jalouse. Et puis elle aussi était plutôt limite, avec ses nouvelles doudounes qui tentaient le diable sous son débardeur blanc.

— Bon…, reprit Halley, impatiente, les mains derrière la tête, en s'étirant sur la chaise longue, tandis que Pucci se lovait à ses pieds et donnait des coups de langue sur sa cheville hydratée au beurre de cacao. Raconte-moi tout ce que j'ai raté pendant mon absence.

— Oh, la, la ! Plein de trucs ! s'écria Avalon en battant des mains, avant de se mettre à faire les cent pas le long de la piscine, façon débriefing. On est déjà invitées à une douzaine de bat-mitsva[1] et, d'après mes sources, Becca Krasnoff a demandé à Gwen Stefani de dessiner sa robe. T'imagines ?

— Sérieux ? dit Halley en manquant s'étrangler. C'est dingue parce que…

— Sérieux ! l'interrompit Avalon avant que Halley puisse lui expliquer que L.A.M.B. était l'une de ses nouvelles griffes préférées. J'imagine que le père de Becca devait travailler avec le grand frère de Gwen ou un truc du genre. C'est cool, non ?

Halley approuva d'un large sourire et se résigna à l'idée que ses anecdotes sur le stage artistique allaient devoir attendre. À l'évidence, Avalon était lancée. Halley retira ses boots pour enfouir ses pieds nus dans les doux poils blonds de Pucci.

— Mais il y a encore plus cool ! enchaîna Avalon en reprenant à peine son souffle. Courtney a fêté son seizième anniversaire la semaine dernière et, comme le style et elle, ça fait deux, c'est moi qui ai tout organisé.

— Incroyable ! Ta sœur a seize ans ! La fête était sympa ? s'enquit Halley, en séparant ses cheveux bruns ondulés en deux grosses mèches qu'elle noua en queue-de-cheval sur sa nuque.

— C'était super, confirma Avalon dans une moue exagérée de ses lèvres fardées de brillant. Mais j'étais

_____

1. Cérémonie célébrant le passage de l'enfance à l'âge adulte chez les jeunes filles juives âgées de douze ans. (N.d.T.)

tellement triste que tu ne sois pas là. Sinon, il y avait tout le monde.

Halley eut un pincement au cœur d'avoir abandonné Avalon pendant qu'elle passait à Berkeley le plus bel été de sa vie. Toutefois, Avalon avait trouvé le moyen de canaliser son énergie d'organisatrice. Les fêtes, les soirées, les anniversaires, Avalon ne vivait que pour ça. Ou du moins elle adorait en parler…

Après vingt minutes de récit non-stop sur l'anniversaire de sa grande sœur, Avalon prit une profonde inspiration et haussa un sourcil brun clair :

— Bon !

Halley inspira à son tour, prête à relater au jour le jour son stage artistique.

— Tu sais quoi ? poursuivit Avalon. J'ai décidé qu'il était temps pour nous d'organiser une super fête.

— Ah oui ? dit Halley, un peu déboussolée, car leurs anniversaires ne tombaient pas ces jours-ci et elles ne seraient pas en vacances avant Halloween.

— Ab-so-lu-ment !

Avalon s'empara d'un dossier rose pâle sur la table du patio et se tint bien droite, comme pour un exposé.

— OK ! Notre fabuleuse fête s'intitulera « Fiest-amitié » !

Elle tendit à Halley la chemise décorée de lettres à paillettes violines.

— Le thème sera la mode, évidemment ! On va inviter tous les garçons les plus mignons du collège, et tu peux dessiner les invitations.

— Hmmm…, marmonna Halley en essayant de masquer son hésitation devant la surexcitation d'Avalon.

— Ou bien on lance les invit' par e-mail, reprit Avalon, tout sourire, tandis qu'elle s'asseyait près de Pucci. J'ai déjà pioché des idées par-ci par-là sur le Net et…

— C'est pas ça, mais…, dit Halley en réfléchissant à l'idée.

— Quoi alors ? répliqua Avalon. On est super copines depuis toujours, ça ne mérite pas une méga fête ? En plus, on vient de passer notre premier été chacune de son côté… On est donc, disons, des femmes indépendantes, maintenant. Et puis, comme chacun sait, treize ans équivalent à seize aujourd'hui.

— Hmmm…

En un sens, Avalon n'avait pas tort. Sauf que tout ça lui paraissait un peu… ringard.

— Allez, dis ouiiiii ! insista Avalon en pressant la main de son amie. Je suis à deux doigts d'obtenir la permission des Mam's… mais il faut toi aussi les convaincre. Elles seront tellement ravies de ton retour qu'elles accepteront tout venant de toi.

Pucci aboya. La petite chienne semblait approuver l'idée qu'une fête s'imposait.

Halley soupira bruyamment et secoua la tête en souriant à sa meilleure amie. Si quelqu'un savait s'y prendre, c'était bel et bien Avalon, fille d'un couple d'avocats. Une virtuose de la manipulation… pour la bonne cause, bien sûr.

Bien sûr.

Une rentrée très classe

*A*valon ôta son foulard imprimé, en agitant ses longs cheveux comme une starlette de Hollywood prête à être filmée en gros plan.

Pour la rentrée des classes.

D'un geste de la main, Halley et elle dirent au revoir à Pucci, assise à côté de la mère de Halley au volant de la décapotable, puis elles se dirigèrent vers le bâtiment principal au toit de tuiles romaines de la Seaview Middle School, sous les regards de leurs camarades. Même les palmiers de la SMS, un ancien hôtel de style méditerranéen reconverti en collège bien avant la naissance d'Avalon et de Halley, semblaient se pencher pour mieux admirer les ensembles portés par les deux amies.

— Salut, Avalon ! fusa une voix au milieu d'un groupe de collégiennes, près du hall d'entrée.

— Salut, Bree ! répondit Avalon en entraînant Halley vers Brianna Cho, la capitaine des pom-pom girls.

Quand Halley l'avait quittée pour son stage artistique, Avalon s'imaginait, la mort dans l'âme, passer l'été toute seule à la plage ou au bord de la piscine.

Heureusement, Brianna n'était pas partie non plus. Mieux encore, elle s'était révélée hyper marrante.

— Toutes les deux, vous avez un look d'enfer ! s'extasia Brianna, en ramenant une longue mèche noire soyeuse derrière l'oreille.

— Merci, dit Avalon, tout sourire. Et ta tenue à toi est à croquer, non ?

— Ah ouais ? Génial ! répliqua Brianna qui leva les bras en signe de victoire, dévoilant son bronzage entre son top rouge façon lingerie et son jean noir délavé.

Elle plissa son tout petit nez et gloussa nerveusement en ajoutant :

— Et ton stage, c'était comment, Halley ?

— Oh… euh… cool, répondit Halley, l'air perplexe. Vraiment cool.

— Super ! s'enthousiasma Brianna tandis que retentissait la sonnerie du premier cours. J'ai hâte que tu me racontes tout ça.

— Euh… oui, bien sûr.

Halley ne cacha même plus sa stupéfaction en voyant Avalon faire signe au groupe de pom-pom girls.

— Depuis quand on est copines avec Brianna Cho ? murmura-t-elle à Avalon, tandis que toutes les deux franchissaient les portes vitrées.

Du sol en tomettes au plafond voûté, le hall d'entrée possédait le charme des demeures d'autrefois, avec ses moulures, ses lustres en fer forgé, ses portes sculptées et les consoles en bois sombre où trônaient des vases débordants d'orchidées fraîchement cueillies.

— Euh... depuis le jour où t'es partie en stage pour tout l'été et où je me suis retrouvée toute seule, répondit Avalon.

Comme elles franchissaient d'autres portes vitrées, avant de traverser la pelouse pour se rendre au cours de journalisme, Avalon essaya de dissimuler son agacement, mais elle avait l'impression que Halley lui reprochait son choix... et elle s'était montrée à peine polie avec Brianna !

— Je ne suis pas partie tout l'été, rectifia Halley en saluant une fille élancée qui se précipitait dans leur direction.

Elles marchaient sur l'allée en brique qui menait aux verdoyantes collines bordant l'établissement, ainsi qu'aux villas réservées à l'administration et aux cours facultatifs préférés des élèves.

— Salut, toi ! hurla la fille tout excitée à l'adresse de Halley.

Le visage de Halley devint radieux, et Avalon comprit qu'elle souriait à Sofee Hughes. Elle eut à peine le temps d'apercevoir une tornade de boucles blondes parsemées de mèches noir de jais.

Une fois expédiées les salutations express, Avalon secoua la tête d'un air dépité.

— Et depuis quand on dit bonjour à Sofee ? répliqua-t-elle. On a toujours collé des « beurk » à ses tenues, et elle nous a toujours snobées.

— On était copines de chambre à Berkeley, indiqua Halley en poussant la porte cintrée en bois donnant sur la villa réservée à l'option journalisme. En fait, elle est super sympa.

Avalon lorgna Halley en fronçant les sourcils, tandis qu'elles se frayaient un chemin parmi les rangées d'iMac et passaient devant le tableau noir, où étaient scotchées les pages types de SMS.com, le site Web du magazine du collège. Halley avait-elle fréquenté Sofee Hughes pendant son stage artistique ? Cette Sofee qu'elles surnommaient « Bouboule » en primaire, avant qu'elle ne grandisse de vingt-cinq bons centimètres et que son poids ne se répartisse harmonieusement sur toute sa silhouette… voilà que Halley la trouvait super sympa ? Avalon devait à tout prix déclencher le plan Orsec ! Mais c'était difficile d'intervenir juste avant que ne commence le premier cours de l'année…

— Salut, les filles ! s'écria Anna Velasquez, la nouvelle présidente des élèves.

Son carré auburn rebondit sur ses épaules, tandis qu'elle reposait un numéro de *People* pour étreindre Halley et Avalon en leur souhaitant la bienvenue. Carrie Jackson et Lizbeth Schultz se détournèrent du présentoir à magazines pour les saluer à leur tour. À l'évidence, leurs minirobes agrémentées d'accessoires aux imprimés léopard s'inspiraient des seules filles qui donnaient le ton au collège… Halley et Avalon. Mark Cohen, qui tenait la rubrique sportive l'année précédente, eut pour le groupe un regard approbateur.

— Salut, Anna ! dit Avalon. J'adore votre look… à toutes les deux.

— Merci, dit Carrie, dont les grands yeux verts et la peau satinée évoquaient la réplique miniature du top model Tyra Banks. Halley et toi, toujours aussi géniales !

— *Merci beaucoup*[1] ! répliqua Halley en tournant sur elle-même dans sa tunique noire et son corsaire en jean de couleur assortie. On essaie…

— Oh, arrête…, intervint Lizbeth d'une voix timide. Toutes les deux, vous n'avez aucun effort à faire. Le style Hal-Valon, c'est carrément inné chez vous.

Rayonnante de fierté, Avalon baissa les yeux sur son short ample couleur camel et le gilet jacquard BCBG qu'elle portait sur un corsage à manches bouffantes. Elle devait bien admettre qu'aujourd'hui son look et celui de Halley méritaient un « top » puissance dix… Encore qu'elle avait évité la cata de justesse en persuadant Halley de troquer ces atroces santiags lavande contre la jolie paire de ballerines rouges qu'elle portait en ce moment !

— Z'avez vu ce que Margie et Olive ont sur le dos ? chuchota Lizbeth dans un sourire narquois.

Elle plissa ses yeux turquoise et repoussa une longue boucle blonde derrière son épaule laiteuse constellée de taches de rousseur.

---

1. En français dans le texte. (N.d.T.)

Halley et Avalon se tournèrent vers le premier rang, où se tenaient les éditorialistes chargées de la rubrique santé pour le cybermag, des filles dingues de sciences qui se prenaient pour Einstein… sans doute en train de comploter un truc encore plus spectaculaire que l'an passé – une alerte bactériologique qui avait semé la panique dans tout le collège. Margie Herring flottait dans sa robe chasuble au motif écossais rouge et noir délavé, qui avait l'air d'un sac sur ses épaules osseuses et tombantes. Avec ses cheveux bruns coupés très court, sa peau quasi translucide prenait des nuances bleutées. Quant à Olive Johnson, elle portait la même tenue en version beige et marron, assortie à ses cheveux crépus et boudinant sa silhouette trapue et grassouillette.

— Mes yeux ne vont jamais s'en remettre, ricana Carrie.

— Oh, sois sympa, elles sont sexy ! rétorqua Halley.

Le sourcil en accent circonflexe, elle décocha un regard espiègle à Avalon, lui signalant que la chasse aux looks ringards était ouverte.

— Tout à fait sexy, renchérit Avalon en souriant à belles dents, tandis que Carrie restait bouche bée, que Lizbeth écarquillait les yeux et qu'Anna plissait le nez d'un air horrifié. Quoi de plus sexy qu'une vieille robe en laine, quand il fait 40 °C à l'ombre ? De quoi te mettre en ébullition comme une Cocotte-Minute !

Le groupe éclata de rire comme leur prof de journalisme, Mlle Frey, entrait en trombe dans la salle.

L'image parfaite de la rédac' chef avec ses lunettes de soleil Dior surdimensionnées, une jupe crayon anthracite et un chemisier oxford blanc cintré. On murmurait qu'en effectuant son stage à *Elle*, Mlle Frey était passée de l'écolière mal fagotée et coiffée comme l'as de pique à l'étudiante hyper classe au chignon impeccable. Elle s'était rendue deux fois à New York pour la semaine de la mode. Elle avait même rencontré Anna, la grande Anna Wintour, de *Vogue* !

Après avoir décidé de se retrouver au jardin de la Sérénité pour le déjeuner, les filles gagnèrent leurs sièges respectifs. Mlle Frey prit place derrière le premier rang et ôta ses lunettes de soleil, pour chausser une paire de Prada à monture sombre.

— Bonjour à tous, commença-t-elle dans un sourire chaleureux, appuyée contre son bureau. J'espère que vous avez passé de bonnes vacances et que vous êtes prêts à vous remettre au travail... Il est temps de montrer à cette école comment tenir un magazine en ligne !

Plusieurs collégiens se mirent à siffler, tandis qu'Avalon et Halley échangeaient des regards enthousiastes. Avalon sortit son dossier super pro en peau de serpent rose, dans lequel elle avait glissé tous ses projets d'articles concoctés pendant l'été.

— Comme d'habitude, j'attends de vous tous que vous contribuiez à la rédaction du SMS sous forme de papiers divers et variés, poursuivit Mlle Frey. Mais en outre, nous allons ouvrir une nouvelle rubrique... un blog journalier. Tous les thèmes peuvent être abordés :

art, musique, mode, fitness… peu importe, tant que cela ne fait pas doublon avec vos autres contributions rédactionnelles.

— Super idée, mademoiselle Frey ! s'écria David Cho, le spécialiste de la rubrique loisirs, en brandissant le poing.

Mlle Frey avait regardé Avalon et Halley en prononçant le terme « mode ». Avalon crut que son cœur allait exploser sous les losanges de son gilet jacquard. Lorsqu'elle croisa le regard de Halley, elle vit quasiment son cerveau tourner à plein régime. Même si le sourire de Halley n'envahissait pas tout son visage, nul doute que ses yeux bleu ciel étincelaient d'excitation.

— Vous pouvez commencer à poster vos articles demain sur la page concours du cybermag, après 7 heures du matin, précisa Mlle Frey. Afin que tout le monde ait le temps d'impressionner ses lecteurs. Vous publierez chaque jour un papier, et dans trois semaines toute l'école aura la possibilité de voter pour son blog préféré. Le gagnant disposera d'une rubrique permanente au cybermag. Alors, bonne chance ! J'ai hâte de vous lire.

Un brouhaha enthousiaste envahit la salle de classe.

Halley se pencha par-dessus son bureau :

— T'es d'accord pour partager la même page Web ? murmura-t-elle.

— Évidemment ! répondit Avalon, sourire aux lèvres.

Elles pourraient enfin lancer leurs fameux « top, beurk, limite » dans le cyberespace. Après tout, les autres filles suivaient les conseils mode d'Avalon et de Halley depuis l'école primaire.

— Et je crois connaître nos premières victimes, ajouta Avalon dans un hochement de tête en direction de Margie et d'Olive.

Elle observa le duo en chasuble écossaise, dont les têtes se rapprochaient... sans doute pour mijoter la rubrique soporifique qu'elles allaient écrire.

— Tu sais quoi, Halley ? Je crois que cette année ne pouvait pas mieux commencer.

Bien sûr, ça signifiait aussi que cela ne pouvait qu'empirer.

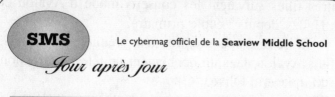

VIE SCOLAIRE SANTÉ SPORT LOISIRS CONCOURS

Au TOP dès la rentrée !
par les Fashion Blogueuses

Posté le mardi 9 sept. à 7 h 18

Salut les fashionistas ! Une nouvelle année scolaire commence, et c'est peut-être le moment d'adopter un nouveau look, non ? Alors, votez pour notre blog et vous aurez votre dose quotidienne de conseils mode pour vous aider à faire le tri dans votre penderie… Comptez sur nous, on ne va pas se gêner !
Bien sûr, vous aurez droit à nos encouragements… Une besace BCBG en vachette ? C'est top. Une minirobe Cynthia Rowley un peu coquine ? Tip-top. Des chaussures plates à motifs léopard ? Top puissance dix… Mais on vous indiquera aussi ce qu'il faut ab-so-lu-ment bannir : le faux pas vestimentaire, en somme ! La robe chasuble en laine par temps de canicule ? Beurk ! Le minishort en satin en dehors d'une soirée pyjama entre copines ? Beurk et re-beurk ! Le tee-shirt baba cool, le jean déchiré et les sabots en plastique ? Super hyper beurk !

Attention, pas d'affolement ! On sait que ça peut être super stressant de vouloir se maintenir au top. C'est pourquoi on a rédigé cette première rubrique pour vous aider, en vous livrant nos petits secrets qui tiennent en quatre points : les quatre « C » à retenir !

1. Confiance en soi

Vous détestez ce que vous portez ? Ben alors ? Tout le monde va détester aussi. Habillez-vous toujours en fonction de ce que vous aimez et puis répétez avec nous : on redresse les épaules, on garde la tête haute et on avance ! P.-S. : Personne – sauf vos rédactrices de mode préférées ! – ne saura que votre sac Prada est une copie, si vous le portez comme si Miuccia en personne vous l'avait offert.

2. Classe

Non, rien à voir avec la salle de cours. Si vous donnez l'impression d'avoir fait une razzia sur la garde-robe de votre caniche nain ou si on voit l'élastique de votre string dès que vous levez la main, vous allez tout décrocher sauf la palme du raffinement. Laissez un peu de place à l'imagination… OK ?

3. Couture

Inutile de porter des marques de la tête au pied. Une simple paire de lunettes griffées suffit à égayer une tenue un peu fade. (À noter au passage : un look sexy peut se révéler sympa, mais pas très couture.)

4. Confidente

Tout le monde a une amie proche qui peut lui indiquer ce qu'elle devrait ou ne devrait pas porter. Pourquoi on a toujours un look d'enfer, d'après vous ?

Voilà ! Maintenant que vous savez tout ou presque… vous n'avez plus d'excuse pour ne pas être au top le reste de l'année. Et si vous appliquez la règle des quatre « C », vous obtiendrez toujours un « A » en matière de mode !
À propos… n'oubliez pas de voter (pour nous) !
Soyez glamour avec humour,
et bon shopping !

Halley Brandon et *Avalon Greene*

COMMENTAIRES (94)

Fashionistique à mort ! G hâte de voir c'que vous allez porter ttes les 2 aujourd'hui. Vous allez gagner. C sûr. Biz@vous 2 !
Posté par langue_de_VIP le 9/9 à 7 h 25.

Non, mais j'hallucine ! Un look sexy, C couture à fond ! Vous Dlirez les filles. J voterai pas pr ce blog.
Posté par sexygirl le 9/9 à 7 h 36.

Gnial, les filles ! J'adooooore votre blog. J voterai pr vous 2 et j connais plein de gens ki feront com moi. Foncez, battez-vous et vous allez gagner !
Posté par bravissima le 9/9 à 7 h 40.

Waow !... Enfin quelqu'1 ki C s'habillé et ki se dévoue pr conseiller les élèves de ce bahut ! J peux voter plsrs fois ? Vous devriez être remboursées par la Sécu, moajdis ! génial !
Posté par primadonna le 9/9 à 7 h 43.

Un fashion blog de pro, les filles ! Mais j vais pt-être devoir voter pr le blog sport de Mark... le match promet d'être serré !
Posté par princesse_rebelle le 9/9 à 7 h 59.

Alerte !
Garçon mignon à l'horizon !

— Non, mais… j'hallucine… Regarde… ce… cette horreur, balbutia Avalon en serrant si fort l'avant-bras de Halley qu'elle lui coupait presque la circulation. Est-ce que Wynter réfléchit de temps en temps ?

Halley pouvait difficilement la contredire. Les filles se trouvaient dans le parc paysager du collège et s'entraînaient à distribuer des « top, beurk, limite » pour la journée, histoire de faire campagne pour leur blog. L'ensemble « longue tunique crème sur caleçon noir » aurait pu passer pour du Lindsay Lohan chic… à condition de supprimer le monstrueux jabot sur la poitrine ! Sans parler du foulard à motifs ! Quand Halley et Avalon nouaient un foulard vintage sur leur tête, c'était pour rouler en décapotable. Mais la mère de Wynter conduisait un 4 × 4 Lexus hybride !

— C'est à pleurer, enchaîna Avalon en plissant le front, tandis qu'elle faisait glisser ses Ray-Ban sur le bout de son nez pour mieux observer leur camarade. Je crois qu'elle ne s'est pas remise de *Pirates des Caraïbes* !

— Je parie qu'elle connaît tous les épisodes par cœur.

— Hé, Wynter ! Qu'est-ce que t'as fait de ton bandeau sur l'œil ? hurla Avalon.

Même si Wynter était déjà trop loin pour l'entendre, un groupe de volleyeuses éclatèrent de rire.

— Tu ne l'as pas loupée, Avalon ! lança une bloqueuse de l'équipe au bronzage doré à souhait.

— Merci, Zoe ! répondit Avalon en faisant signe à la blonde baraquée en survêtement bleu fluo.

Cela ne l'empêcha pas de murmurer à Halley :

— Mais ne fais pas trop la maligne, miss Gonflette. Ta garde-robe est loin d'être au top.

— Exact ! approuva Halley d'un hochement de tête.

— Ooooh…, reprit Avalon en retenant sa respiration, tandis qu'elle regardait par-dessus l'épaule de son amie. Voilà ce que j'appelle un top !

— Où ça ? s'enquit Halley

Elle se tourna et découvrit Cassidy Woolfe qui sortait d'une rutilante Audi noire. Elle portait un haut à manches kimono vert sapin sur un pantacourt en jean avec empiècement à pont sur le devant, le tout agrémenté de sandales dorées.

— Une divine création de la nouvelle collection Tommy Hilfiger, et la couleur s'accorde à merveille avec son opulente crinière rousse et sa carnation de porcelaine, soupira Avalon, dans la peau d'une journaliste de mode commentant un défilé.

— *Absolument*[1], acquiesça Halley en se prenant au jeu. Et *j'adore*[2] sa coiffure à la fois très élaborée et très naturelle… ce qui est si difficile à obtenir.

— Bravo ! dit Avalon en ramenant ses longs cheveux blonds en arrière d'un geste théâtral.

— Salut, Cassidy ! lança Halley, tout sourire, à la fille rousse et mince qui s'approchait.

Sans pour autant être amies, elles avaient toujours eu des relations amicales.

— Cassidy ! Ça doit t'exciter un max de commencer le trimestre comme vice-présidente d'Anna ! reprit Avalon en se tournant pour gagner le bâtiment principal avec elle. On se disait justement que t'avais un look génial. Du Tommy de la tête aux pieds, pas vrai ?

— Ouais…, admit Cassidy, ses yeux verts étincelant. T'es incollable, il n'y a pas de doute. J'adore vos tenues à toutes les deux. Vous portez quoi ?

— Free People, répondit Halley en prenant la pose, tête en arrière, mains sur les hanches, pour exhiber sa robe style bohémien couleur prune sur ses collants en voile noir brillant, le tout assorti à des chaussures à semelles compensées vert-de-gris.

Ce matin-là, après avoir pris un petit déjeuner complet et s'être extasiées mutuellement sur leurs

---

1. En français dans le texte. (N.d.T.)
2. En français dans le texte. (N.d.T.)

ensembles du deuxième jour, Avalon tenta de la dissuader de porter des collants, mais Halley ne voulut rien savoir : sans eux, la tenue perdait tout son charme.

— Isaac Mizrahi, répondit Avalon à son tour.

Elle pirouetta comme une danseuse, une main au-dessus de la tête, puis abaissa l'autre lentement pour la poser sur sa minirobe rose à carreaux en dévoilant sa petite merveille.

— Modèle boutique ! précisa-t-elle. Elle ne vient pas du catalogue en ligne.

— B… bien sûr ! s'étrangla Cassidy, visiblement perturbée.

— Tu mérites un « top » ! s'enthousiasma Avalon.

Halley hocha la tête, tandis que toutes les trois franchissaient les portes pour se diriger vers leurs casiers. Derrière elles, une bande de garçons de leur âge faisaient mine de ne pas les regarder.

— Comment ça ? demanda Cassidy, plus angélique que jamais. (Il ne lui manquait plus que les ailes !)

— Oh, reprit Halley. Figure-toi qu'on participe au concours du cybermag. Tu n'es pas au courant de notre blog ?

— Non, avoua Cassidy d'un ton sérieux.

— Tu dois absolument le lire, insista Halley en s'arrêtant devant une rangée de casiers couleur gold. Surtout qu'on fera l'éloge de ta tenue dans notre rubrique de demain.

— Waouh ! OK… merci !

— Une voix de plus, glissa Avalon à Halley en souriant, tandis que Cassidy s'éloignait. Et comme c'est une vraie accro des clubs... elle va inciter le Ciné-club, le club Rando, le club Discussion et le club Tricot à voter pour nous !

— Hal !

En entendant son diminutif, Halley se détourna d'Avalon. Sofee venait de franchir la porte de la salle d'arts plastiques en compagnie d'un garçon que Halley n'avait jamais vu. Et mignon, qui plus est. Vraiment mignon.

— Salut, toi, dit Sofee en s'avançant tout droit vers Halley pour la serrer fort dans ses bras. Comment ça va ?

— Super ! répondit Halley, tout sourire, en essayant de garder ses yeux bleus fixés sur Sofee et la rangée de casiers derrière elle.

Elle ne voulait pas dévisager le garçon, et encore moins donner l'impression qu'elle essayait de ne pas le dévisager ! Son regard restait donc braqué sur le caraco noir cintré de Sofee et son motif « Rock » en lettres argentées.

— Tu connais Wade Houston ? demanda Sofee.

Halley se rendit alors compte qu'elle lisait le mot de quatre lettres comme si c'était du Shakespeare... Autant dire qu'elle avait l'air ridicule à la fixer ainsi.

Elle releva la tête, ravie d'avoir le feu vert pour regarder le garçon. Wade avait des cheveux bruns en pétard, des yeux si foncés qu'ils étaient presque noirs et de longs cils… sans parler de ses lèvres charnues… mais pas trop.

— Salut, dit-il en plantant directement son regard dans celui de Halley, tout en faisant un petit geste de la main.

— S… salut…, dit Halley, qui s'éclaircit la voix, quelque peu éraillée. T'es nouveau ici ?

— Ouais, répondit Wade en passant une main dans son adorable fausse crête d'Iroquois, les yeux toujours rivés à ceux de Halley. Je suis arrivé de San Francisco il y a deux semaines.

— Cool ! Sofee et moi, on a passé l'été à Berkeley.

Halley allait tendre la main en direction de sa copine de stage, quand elle découvrit que Sofee s'était déplacée. Elle crut que le monde s'effondrait sous ses pieds et que Wade et elle se retrouvaient dans leur petite bulle.

— Je sais…

Comme si c'était parfaitement naturel de tout connaître de la vie de Halley. Il s'était renseigné sur elle, ou quoi ? Halley s'efforça de reprendre son souffle.

— Le stage était génial, à ce qu'on m'a dit, ajouta-t-il.

Halley chercha un moyen d'encourager Wade à vouloir en savoir davantage à son sujet. Mais le garçon avait détourné son regard vers les casiers… ou plus précisément vers les deux filles devant les casiers. Adieu, leur petite bulle…

— Tu vas adorer notre blog, disait Avalon à Sofee.

Avalon était tout sucre, tout miel, mais Halley savait qu'elle jouait un rôle. Elle s'étonnait encore que personne d'autre ne puisse voir clair dans le jeu d'Avalon.

— Je pense que tu vas apprendre des tas de trucs en le lisant, enchaîna Avalon.

— Oh, tu crois ? rétorqua Sofee dans un éclat de rire, en lorgnant la poitrine d'Avalon. Je pense pouvoir me passer des conseils de mode d'une fille en robe de lilliputienne.

— Mais c'est une Isaac, se défendit Avalon d'un ton méprisant. Isaac Mizrahi ! Tu m'excuseras mais je l'ai achetée à la boutique Pulpe cet été.

— Et t'as eu des airbags en cadeau parce que t'avais rempli ta carte de fidélité ? s'enquit Sofee d'un air faussement sincère.

Halley réprima son fou rire. Elle savait qu'elle aurait dû intervenir, mais une sorte d'aimant attirait son regard vers Wade, qui se contenta de sourire en haussant ses sourcils bruns. Celui de gauche était surmonté d'une petite tache de rousseur. À moins que ce ne soit un grain de beauté ? On aurait dit un point d'exclamation. Ou d'interrogation, peut-être ?

Halley avait l'impression de ne plus toucher terre. Elle jeta un regard sur Avalon, dans l'espoir que son amie avait assisté à la rencontre du siècle entre Halley et le garçon le plus incroyable de la planète, mais Avalon écarquillait de grands yeux horrifiés.

— Halley ? s'enquit Avalon en serrant les dents. T'as l'intention de rester plantée là ?

— OK, j'avoue, soupira Sofee. J'ai lu votre rubrique ce matin. J'imagine que ça peut intéresser quelqu'un, mais c'est pas mon truc.

Halley était sûre que ses deux amies espéraient la voir réagir. Toutefois, une seule chose la préoccupait pour l'instant… ce qu'elle éprouverait si Wade et elle marchaient main dans la main en riant d'une blague irrésistible. Comme ses yeux s'attardaient à tour de rôle sur le sourire moqueur de Sofee, le regard mauvais d'Avalon et le tee-shirt noir moulant de Wade, Halley se rendit compte que leur petite prise de bec ne l'intéressait même pas.

— Halley ? reprit Sofee.

— Ouais… Halley ? insista Avalon.

Halley sourit simplement. Elle portait une tenue adorable, venait de rencontrer le garçon idéal, et ses deux amies faisaient au moins l'effort de se parler… non ?

Trop de monde au balcon

— Ça le fait pas, soupira Avalon dans un froncement de sourcils, tout en pivotant pour se voir sous un autre angle dans le mur de miroirs du vestiaire des filles.

Elle releva ses cheveux en queue-de-cheval et recula, afin d'avoir une vue différente de son justaucorps flambant neuf.

— Mais si, dit Halley en s'emparant elle aussi d'un élastique pour nouer ses cheveux. Sans rire, t'as un look génial. Hyper cool. Je tuerais pour avoir de vraies doudounes qui ne doivent rien à Wonderbra, ajouta-t-elle en tapotant gentiment son soutien-gorge super rembourré.

Avalon n'en croyait pas un traître mot. Après tout, son amie avait déjà plaisanté sur ses seins et ne l'avait même pas défendue ce matin avec Sofee. Avalon ignorait ce qui se passait entre Halley et elle, mais elle ne tenait pas à y réfléchir, et encore moins à en parler. Elle était certaine que son amie finirait bien par s'excuser, mais pour l'instant une seule chose l'obsédait : deux soutien-gorge Nike de sport ne pouvaient comprimer sa poitrine qui débordait de partout !

— Quand tu auras commencé ton enchaînement, tu n'y feras même plus gaffe, lui assura Halley.

Ben voyons… Avalon regarda une dernière fois son reflet en soupirant, avant de rejoindre les casiers bleus alignés et de s'emparer d'un grand sweat-shirt à capuche, sous lequel elle camoufla son justaucorps de gym. Halley se borna à hausser les épaules et appliqua une couche de lip gloss sur ses lèvres parfaites, s'harmonisant à merveille avec son corps filiforme de mannequin et ses agaçants yeux bleu céruléen.

— Salut, Avalon ! s'écria Brianna du bout de la rangée de casiers, un paquet de *flyers* jaunes à la main. Je suis contente de t'avoir trouvée. Tu te souviens que je t'ai dit qu'Amy Channing avait quitté l'équipe il y a quelques semaines ?

— Oui, oui, répondit Avalon en regardant Halley ranger son brillant à lèvres dans son sac de sport.

— Eh bien, on doit la remplacer, poursuivit Brianna en lui tendant un de ses tracts.

« Une place de pom-pom girl à pourvoir. Épreuves de sélection jeudi. »

— Faut que j'en distribue un peu partout. Tu fais passer le mot, OK ? dit Brianna en commençant à glisser un *flyer* dans chaque casier.

— Bien sûr, acquiesça Avalon.

Elle se tourna et vit entrer leur prof, Mme Howe. Mesurant à peine plus d'un mètre cinquante, elle affichait toujours une forme olympique, et ses côtes saillantes menaçaient de transpercer le justaucorps blanc à manches longues qu'elle portait sous son pantalon d'échauffement marine.

— Bonjour, madame Howe ! lança Avalon, prenant ses poignets antitranspiration dans son casier, juste à côté de celui de Halley.

— Bonjour, Avalon. À tout à l'heure, les filles ! Merci, Halley !

La prof leur donna à chacune une petite tape sur l'épaule et rejoignit la salle en faisant des bonds ; elle tenait à la main une figurine de la gymnaste Dominique Moceanu dont la tête mobile dodelinait dangereusement.

Avalon remarqua que Halley tenait un Caméscope et lui demanda à quoi il servait, en oubliant dans la foulée qu'elle lui en voulait et ne souhaitait pas lui parler.

— La prof m'a bombardée vidéographe officielle de l'équipe ! annonça son amie. Elle m'a demandé de filmer tous les enchaînements d'aujourd'hui, pour qu'on puisse en faire la critique demain à l'entraînement.

— Génial, ironisa Avalon. J'ai hâte de voir comment la vidéo ajoute cinq kilos à ma poitrine déjà énorme.

— Arrête un peu, dit Halley en levant les yeux au ciel et en secouant la tête.

Elle saisit un sweat-shirt marron clair et ferma son casier.

— Où t'as déniché ton justaucorps ? s'enquit Kimberleigh Weintraub, une grande fille toute maigre avec une longue tresse jaune canari et une frange épaisse sur le front.

Elle faisait des exercices d'étirement quelques casiers plus loin et tendait ses longs bras laiteux au-dessus de la tête, tout en regardant Halley d'un air approbateur.

Alors que la plupart des membres de l'équipe de gymnastique optaient pour la tenue Adidas classique aux couleurs de la SMS, bleu roi à rayures dorées, Avalon et Halley étaient conscientes de l'importance de la mode même pour le sport… d'où leurs justaucorps à imprimé camouflage ; celui de Halley affichait des tons kaki traditionnels, et celui d'Avalon présentait trois différentes nuances de bleu.

— GK Elite Sportswear, répondit Halley. Là où se fournissent les meilleurs gymnastes olympiques.

— J'adore, dit Kimberleigh en frémissant des narines, comme chaque fois qu'elle s'enthousiasmait.

D'ailleurs, elle avait tellement le nez en trompette que Halley et Avalon la surnommaient miss Piggy.

— Et j'aime bien ton sweat à capuche, Avalon.

— Merci, dit Avalon dans un sourire, tout en remontant la fermeture de son sweat Reebok encore plus haut.

— T'as un look fabuleux, Av, intervint Brianna en tendant un *flyer* à Halley qui lui sourit d'un air dédaigneux. Je n'ai pas arrêté de te le dire tout l'été.

— Merci, Bree.

Avalon aurait bien aimé la croire, mais elle se sentait si… voyante ! Autrement dit, pas comme avant. Désormais, elle avait l'impression qu'un projecteur était braqué en permanence sur sa poitrine. Elle dit au revoir à Bree, puis défit son sweat-shirt et baissa les yeux d'un air dubitatif.

— Elle t'envie, ma parole ! ricana Halley, une fois Brianna hors de portée de voix. Elle s'imagine que tu vas lui donner des conseils pour que les siens poussent plus vite ?

Bang ! Avalon ferma son casier dans un claquement métallique. C'était quoi, le problème de Halley ?

— Et toi, si tu revenais me voir quand t'auras dépassé le stade de la puberté ?

Halley ne prit même pas la peine de lui répondre, mais Avalon vit son regard se durcir. Elle tourna les talons et partit en trombe vers le gymnase.

— Halley ! cria Avalon en essayant de la rattraper.

Tout en pressant le pas, Avalon se demandait ce qui la perturbait le plus. Était-ce parce qu'elle avait volontairement blessé sa meilleure amie ? Parce que sa poitrine effectuait quasi toute seule ses mouvements de gym sous son justaucorps ? Ou bien parce que Halley l'avait asticotée la première ?

Avalon remonta la fermeture de son sweat-shirt et décida de mettre la réponse en attente. Pour le moment, du moins.

Le calme avant la tempête

Une certaine tension régnait pendant le trajet de retour. Assise à l'arrière, Halley fit mine d'écouter son iPod, tandis qu'à l'avant Avalon saoulait sa mère de paroles. Halley aurait volontiers remercié Constance pour avoir fait diversion… sauf que celle-ci risquait de lui demander ce qui clochait. Et Halley n'aurait pas su quoi répondre.

Qu'est-ce qui n'allait pas au juste ? Halley se posa la question en se préparant un bol de céréales avec du lait de riz, son casse-croûte préféré d'après-gym. D'un seul coup, Avalon l'avait envoyée balader, sans même lui présenter d'excuses ensuite. Alors que Halley tentait de la rassurer en lui disant qu'elle serait géniale en vidéo !

— On se fait une partie de Tekken ?

Halley leva la tête et découvrit son frère de quinze ans, Tyler, debout à l'entrée de la cuisine.

— Non, merci, dit-elle en remarquant à peine sa tenue minable.

Elle avait pourtant essayé de le relooker de la tête aux pieds en maintes occasions, mais Tyler revenait toujours à son ancien look dans les vingt-quatre heures qui suivaient.

— Attends, je vais reformuler : « Viens faire une partie de Tekken avec moi, sinon... »

— Sérieux, Tyler. Je ne suis pas d'humeur à t'écrabouiller une fois de plus à ce jeu. J'ai eu une dure journée.

Elle s'avachit contre le marbre blanc du plan de travail.

Il s'éclaffa :

— Ouais, bien sûr ! Le deuxième jour en quatrième, c'est atrooooce !

Halley savait qu'il ne cherchait pas à la faire enrager – c'était Tyler, point final –, mais ça la mettait quand même mal à l'aise. Elle rassembla ses affaires, passa devant la rutilante cuisinière en inox Viking et le frigo Sub-Zero, puis devant Tyler qu'elle poussa contre les portes battantes en verre fumé donnant sur le salon.

— Allez, Hal, c'était pour rigoler !

Il commença à tirer sur sa sacoche Brooklyn Industries, mais elle fit volte-face et lui lança un regard furieux.

— OK, dit-il. Va bouder là-haut, t'es pas marrante.

Une fois dans sa chambre et la porte fermée, elle se sentit tout de suite mieux. La déco affichait un style baba cool postmoderne. Au départ, elle ne l'avait pas vraiment prévu, mais la pièce avait en quelque sorte évolué dans ce sens... Depuis le siège poire en daim marron clair dans le coin jusqu'au couvre-lit blanc avec de grands disques orange, turquoise et jaunes, en passant par le fauteuil œuf de bureau et son coussin en velours orange. Trois tapis à poils longs ornaient le plancher et s'harmonisaient parfaitement avec les ronds du dessus-de-lit, encore que l'orange soit un peu plus usé, car Halley s'y asseyait le plus souvent. Des pages de *Vogue, Elle, Marie Claire* étaient scotchées à même le mur couleur café au lait.

Halley se dirigea aussitôt vers les portes vitrées coulissantes qui menaient à un petit patio en pierre grise surplombant l'arrière-cour. De là, elle disposait d'une vue dégagée sur la luxueuse demeure de style espagnol des Greene et la baie vitrée en arcade de la chambre d'Avalon. Mais plutôt que de sortir, Halley s'empressa de baisser ses stores vénitiens, afin que personne ne puisse la voir.

Ensuite, elle chassa Avalon de son esprit et se concentra plutôt sur le meilleur moment de la journée, la rencontre avec son âme sœur, Wade. Elle sortit le bloc à dessins glissé sous son lit, s'installa sur son tapis orange favori, puis ouvrit son carnet de croquis à la reliure en cuir citron vert. Elle le feuilleta, jetant un œil sur chaque esquisse : des dauphins bondissant au-dessus des vagues, une robe dont elle avait rêvé un soir... Une planche de surf, Avalon dans la baie, un phoque... Pucci... Une piste de randonnée à Torrey Pines, une petite jupe noire... une paire de Ray-Ban... Elle se mit alors à dessiner sa dernière obsession en date : Wade. Halley poussa un long soupir, absorbant le moindre détail de l'image qu'elle avait en tête, les doux cheveux du garçon avec sa minicrête à l'Iroquoise, son regard intense et ses cils insensés, ses pommettes saillantes, sa mâchoire carrée…

Tandis qu'elle esquissait ce beau visage aux traits réguliers, tout en fredonnant à mesure que l'image prenait forme, elle se dit que les choses finiraient par s'arranger avec Avalon. Son amie passerait plus tard lui présenter ses excuses et elles iraient se balader avec Pucci. D'ici à demain matin, pour leur départ au collège, tout serait oublié et la vie reprendrait son cours normal. Non ?

Interruption des programmes

*A*valon franchit les portes vitrées coulissantes à l'arrière de la maison des Brandon et traversa leur cuisine de gastronome d'un blanc immaculé comme s'il s'agissait de la sienne. Le soleil de fin d'après-midi traversait les vitres et scintillait sur le plancher comme des milliers de lucioles. Avalon adorait la demeure des Brandon pour son confort et son style balnéaire, notamment son étincelante cheminée en marbre blanc… idéale pour faire rôtir des marshmallows et boire du chocolat avec Halley, les soirs d'hiver un peu frisquets.

Avalon gagnait l'escalier pour rejoindre la chambre de son amie, Pucci haletant à ses pieds, quand une minable paire de Vans en toile lui barrèrent le passage. Ses yeux remontèrent sur le jean Levi's délavé tout aussi désolant. Un tee-shirt avec Homer Simpson et les mots *Sugar Daddy* complétait la tenue de lycéen de Tyler Brandon.

— Homer a mangé de la pizza à midi ? s'enquit-elle en plissant le nez devant la tache de graisse rougeâtre près de la tête du personnage de dessin animé.

— Ha ! ha ! répliqua le frère de Halley dans un rire feint.

Il empoigna les rampes de part et d'autre et lui bloqua l'escalier sur toute la largeur.

Hormis son look à revoir entièrement et son teint un peu pâlichon dû à de trop longues heures de jeux vidéo, Tyler était plutôt mignon… dans le genre accro à l'ordinateur.

En fait, avec leurs cheveux bruns bouclés, leurs yeux bleus et leurs légères taches de tousseur, Halley et lui pouvaient passer pour des jumeaux.

— Hal est dans sa chambre ?

— Ouaaais ! beugla Tyler de sa voix la plus caverneuse, en haussant tellement les sourcils qu'ils effleurèrent les mèches retombant sur son front. Mais si tu veux passer, tu dois payer.

— C'est-à-dire ? soupira Avalon, en réprimant un sourire, amusée par la balourdise de Tyler.

— Cinq parties de Tekken ! annonça-t-il. Prépare-toi au combat !

— J'hallucine, répliqua Avalon en levant les yeux au ciel. Dégage !

Elle bouscula Tyler afin que Pucci et elle puissent enfin monter jusqu'à la chambre de Halley.

— Toi non plus, t'es pas marrante ! brailla-t-il dans son dos.

Pas le temps de s'attarder sur Tyler. Elle était en mission : réparer au plus vite les maladresses qui avaient gâché sa journée de collège et discuter des prochaines soirées… Notamment de la Fiestamitié, pour laquelle la mère d'Avalon venait de donner son feu vert. Il ne restait donc plus qu'à convaincre Halley d'obtenir l'accord de la Mam numéro 2. En outre, Avalon souhaitait lui lire le blog de demain pour savoir ce qu'elle en pensait.

Lorsqu'elle parvint au bout du couloir et entrouvrit la porte de la chambre, Avalon tendit aussitôt la jambe pour empêcher Pucci de se ruer à l'intérieur. Halley chantait d'une voix si rauque et mélancolique qu'on aurait dit une vieille ballade de Christina Aguilera. Pourtant, Avalon était certaine que ce n'étaient pas les paroles exactes. Elle se pencha davantage et tendit l'oreille :

« Oh, Wade, tu es beau, si beau aujourd'hui.
J'adore tes yeux, j'adore tes cheveux.
Oh, Wade, tu es beau comme un dieu.
Je suis si heureuse d'avoir enfin trouvé
… tout cet amour qui nous réunit. »

Incroyable ! Assise sur son tapis orange à longs poils, Halley était penchée au-dessus de son carnet de croquis, au milieu d'une ribambelle de fusains et de crayons de couleur. Non seulement elle chantait les louanges de ce Wade, mais en plus elle… dessinait son portrait ! Avalon envisagea de refermer la porte en douceur, puis de frapper bien fort, comme si elle venait d'arriver, mais Pucci fit voler son plan en éclats en bondissant dans la chambre.

— Oh ! salut ! fit Halley, qui blêmit et referma illico son bloc à dessins.

— Salut, dit Avalon dans un sourire gêné.

Elle fixa le fauteuil œuf blanc en s'efforçant de ne pas éclater de rire.

— Euh… je… euh… venais pour discuter de la Fiestamitié… mais…

Elle s'interrompit, songeant que c'était exactement ce qui leur fallait pour briser la glace, quelque chose dont elles pourraient rigoler.

— Apparemment, tu te faisais déjà un… récital pour toi toute seule ! ajouta Avalon, qui ne put s'empêcher de hurler les derniers mots.

— Je travaillais sur une esquisse, c'est tout, dit Halley en poussant du pied le siège poire sous son bureau, où Pucci dormait parfois.

— L'esquisse d'un garçon drôlement *zarbi*, gloussa Avalon. L'espèce de junkie qui traînait avec Sofee aujourd'hui, c'est ça ?

Halley se tourna vivement vers elle :

— C'est pas un junkie.

— Oh ! désolée…

Halley plaisantait, non ? Avalon prit une profonde inspiration, redressa les épaules et fit mine d'être sérieuse :

— T'as des sentiments pour lui ?

— Le seul sentiment que j'ai…, répliqua Halley en ramassant ses crayons pour les jeter dans sa trousse Hello Kitty, c'est que tes airbags ont tellement grossi que ton cerveau s'est rétréci. Peut-être que Sofee n'avait pas tort à ton sujet.

Halley ne plaisantait pas.

Piquée au vif par la riposte de Halley, Avalon voulut en savoir davantage :

— Tu peux préciser ? Qu'est-ce qu'elle a dit sur moi, l'ex-Bouboule-devenue-Grande-Perche ?

— Ne l'appelle pas comme ça, rétorqua Halley entre ses dents.

— Alors tu la défends même quand elle n'est pas là ? Mais quand elle m'insulte, tu rigoles ? Qu'est-ce qui t'est arrivé, cet été ? demanda Avalon, hargneuse. J'étais prête à passer l'éponge sur ces horribles santiags lavande. « OK, les filles, faites comme je dis, mais pas comme je fais ! » Et… je crois bien que je ne te reconnais plus.

— Et moi, je me demande même comment on a pu être copines un jour !

Avalon tourna les talons et fila. Pas question d'offrir à Halley la satisfaction de la voir pleurer. Elle dévala l'escalier, franchit la porte de derrière et continua à courir. Ce ne fut qu'une fois chez elle, dans le confort douillet de sa chambre, qu'elle laissa ses larmes couler. Qu'est-ce qui venait de se passer ? Avalon tripota une de ses mèches blondes et contempla le vieux chêne, dressé près de la barrière blanchie par le soleil qui séparait son jardin de celui de Halley. Le tronc de l'arbre portait encore les initiales des filles avec les lettres SDS, pour « sœurs de sang », commémorant le jour où, en maternelle, elles avaient décidé d'être officiellement meilleures amies pour la vie. À présent, Avalon aurait aimé abattre ce chêne ridicule. Qu'était devenue cette fille, depuis son retour du stage d'arts plastiques ? Pour la première fois de sa vie, Avalon était convaincue que la Halley qui vivait à côté n'était plus du tout sa meilleure amie.

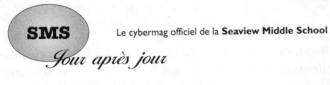

Le style sous surveillance
par LA Fashion Blogueuse (pas les deux)

posté le mercredi 10 sept. à 7 h 01

Puisque l'imitation est la forme de flatterie la plus sincère, j'accepte comme un énorme compliment le fait que beaucoup d'entre vous trouvent leur style en s'inspirant de ma rubrique... et de ma garde-robe. Je n'ai jamais vu des tue-la-mode disparaître aussi vite (bye-bye les tee-shirts baba cool !) et j'adore les mille et une manière dont vous adaptez mes conseils pour composer vos tenues (hello, les chaussures imprimées léopard !). Bien sûr, si certaines occupent déjà le peloton de tête quand il s'agit de donner le ton (un grand bravo à Cassidy pour son incroyable ensemble d'hier... su-per-top !), d'autres réclament de l'aide à cor et à cri (désolée, Wynter, mais ton petit frère souhaite récupérer son costume de pirate). C'est pourquoi j'ai décidé de consacrer la rubrique solo d'aujourd'hui à répondre à quelques rapides questions de nos déjà fidèles lectrices.

Question : J'ai une amie qui ne mérite que des beurk côté fringues. Dois-je l'éviter tant qu'elle ne fera pas d'efforts pour s'habiller mieux ?

Réponse : Oui. Si tu t'associes à une beurk, tu en deviens une par assimilation.

Q. : Je suis un peu forte côté buste. Dois-je porter des vêtements qui camouflent mes... atouts ?

R. : Non ! Si t'as ce qu'il faut où il faut, montre-le.

Q. : Est-ce que cette minijupe rose en jean me fait des fesses énormes ?

R. : Possible. T'as mesuré ton tour de hanches, avant de vérifier la taille de la jupe ?

C'est tout pour aujourd'hui, chères lectrices. À demain, dès la première heure, pour votre seul et unique guide fashion.

Bon shopping,

Avalon Greene

COMMENTAIRES (118)

J'viens de commander 1 paire de baskets montantes à motifs léopard. Gniales ! Mais où est passée Halley ?
Posté par fan_du_blog_mode le 10/9 à 7 h 22.

Waow ! T'as raison de dire k'il fo pas Kcher ses atouts. Moi, je les cache pas en tout K... Hé hé !
Posté par langue_de_VIP le 10/9 à 7 h 37.

Sans déc' ki peut bien lire ce blog ? La Playlist de David va gagner le concours !
Posté par l_esprit_de_jimmy le 10/9 à 7 h 41.

Gnial, continue. Super conseils. Où est Halley à c't'heure-ci ? En train d'enfiler une tenue fabuleuse, com d'hab' !
Posté par bravissima le 10/9 à 7 h 43.

T'aurais pas la folie des grandeurs, des fois ? Certaines d'entre nous savent déjà comment s'habiller et n'ont pas besoin d'une rubrique conseils. Et j'espère que Wynter te fera subir le supplice de la planche pour ce que t'as dit. Moi je l'ai trouvée mignonne. J'parie que Halley aurait son mot à dire là-dessus.
Posté par la_surfeuse le 10/9 à 7 h 56.

Amitié en solde

— C'est pas trop tôt, marmonna Halley dans un souffle, en descendant de la BMW gris métallisé de Constance Greene.

Elle dit au revoir à la mère d'Avalon d'un petit geste de la main et planta un bisou sur la tête de Pucci, avant de se ruer à l'extérieur. Elle aurait bien demandé à ses parents de la conduire au collège, mais ils étaient partis incroyablement tôt pour le cours de yoga sur la plage.

Halley avait presque atteint les portes vitrées du hall d'entrée quand elle entendit dans son dos le clac-clac-clac des sandales d'Avalon sur l'allée en brique.

— Halley ! Attends deux secondes !

Elle se retourna lentement. Peut-être qu'Avalon allait s'excuser pour l'avoir insultée dans ses choix de fringues… et de garçons.

Avalon redressa les épaules, ce qui rendit sa poitrine déjà généreuse d'autant plus… accueillante. Ses yeux lançaient des éclairs.

Enfin… peut-être qu'elle voulait seulement reprendre la discussion où elle l'avait laissée.

— Quoi ? s'enquit Halley, dont le regard se promenait partout en évitant Avalon.

Celle-ci défit aussitôt le zip de son sac fourre-tout en cuir vernis rouge, pour en sortir deux dossiers orange fluo, dont elle tendit un exemplaire à Halley.

— J'ai mis noir sur blanc les termes de la dissolution de notre amitié.

Halley manqua s'étrangler de rire et d'ébahissement.

— C'est une blague ?

— Non, rétorqua Avalon, laconique. Et, histoire d'être sur la même longueur d'ondes, autant voir ça tout de suite point par point.

Halley lorgna le dossier qu'elle tenait en main, intitulé : « Greene-Brandon. Séparation à l'amiable ». Elle l'ouvrit, curieuse de voir ce qu'Avalon avait consigné dans un document pour lequel Halley n'avait pas encore donné son accord.

— OK. Paragraphe 1. Biens personnels, lut Avalon. J'ai déjà déposé dans le patio de ton jardin un carton avec tout un tas d'affaires à toi. Tu peux me rendre les miennes au moment qui te convient. Je ne veux pas en faire tout un plat, mais je crois bien que t'as au moins trois de mes stylos à paillettes et huit numéros vintage de *Vogue* qui m'appartiennent, ainsi qu'un paquet de fringues qui ne te plaisent pas et que tu ne portes jamais. Alors si tu pouvais me rendre tout ça au plus vite, ce serait sympa.

— OK, dit Halley, qui regarda Avalon en bâillant ostensiblement.

Depuis toujours, Avalon avait hérité les manies de ses parents avocats, mais aujourd'hui ça allait un peu loin, même pour elle.

— Super, dit Avalon, qui pencha la tête en lui décochant un de ses sourires à pleines dents du style trop-sympa-pour-être-honnête. Paragraphe 2. Collège. Dans chaque salle de classe, tu peux t'asseoir au premier rang et au bureau le plus à gauche ; je m'installerai au premier rang et à la place située le plus à droite. En récré, tu peux traîner dans la cour est, et moi je me réserve le hall d'entrée ou le jardin, poursuivit-elle en ajustant les poignets de son chemisier.

— Pas question ! rétorqua Halley, refusant de lui laisser le jardin de la Sérénité.

C'était le meilleur coin de l'école !

— Pas question de quoi ?

— Je prends le jardin… tu peux traîner dans la cour est et le hall d'entrée, négocia Halley, en oubliant qu'elle trouvait tout ça ridicule.

— Comme tu veux, soupira Avalon avec une telle force que Halley sentit son haleine de chewing-gum à la framboise.

Avalon prit quelques notes sur son document avec un stylo rouge qui couinait, puis reprit la lecture :

— Paragraphe 3. Activités parascolaires. Tu peux garder la gym ce trimestre, et on trouvera chacune d'autres sports le moment venu, si on décide d'entrer dans telle ou telle équipe.

— T'abandonnes la gym ?

Elles en faisaient ensemble depuis toujours… et hier Avalon avait réussi un fabuleux enchaînement au sol, même si ses doudounes avaient davantage rebondi qu'elle-même.

— Mais tu adores la gym, insista Halley.

— Euh… si je ne fais plus d'exercices à la poutre, j'en mourrai pas.

Avalon s'éventa avec le dossier, et ses boucles blondes se mirent à flotter doucement. La semelle de sa sandale dorée martelait l'allée en brique, tandis qu'elle enchaînait :

— Paragraphe 4. Vie sociale. Tu remarqueras qu'il y a plusieurs clauses, y compris la répartition des copines. Mais j'aimerais autant aborder le sujet de la Fiestamitié, que je vais organiser toute seule.

— Attends deux secondes.

Halley s'éclaircit la voix et rajusta la sangle de sa besace grise sur l'épaule. La stupéfaction lui coupait l'envie de rire.

— Tu vas quand même donner une fête pour célébrer notre amitié, alors qu'il n'y a plus rien à célébrer ?

Le club Discussion, ou du moins trois de ses malheureux membres au look assez discutable, avait installé un stand de vente de gâteaux faits maison près de l'entrée et tendait visiblement l'oreille. Halley leur jeta un regard.

— Bien sûr, répondit Avalon en hochant la tête. Je vais juste l'appeler la soirée Greene ou un truc comme ça. Du coup, je demanderai peut-être aux gens de s'habiller style mode écolo, commerce équitable. T'inquiète pas, je m'occupe des détails.

— Pour ça, je te fais confiance…, dit Halley de son air le plus détaché possible, car cette soirée ne l'intéressait pas de toute manière. Mais tu vas inviter qui ? Les trois copines que tu t'es octroyée d'emblée dans ce minable accord à l'amiable que je n'ai toujours pas approuvé ?

— Euh… t'as tout faux. C'est juste trois exemples au hasard, ricana Avalon en levant les yeux au ciel. De plus, je vais inviter… toute l'équipe des pom-pom girls !

— Su-per ! hurla Halley avec moquerie, en formant le « V » de la victoire de ses deux bras.

Avalon pouvait organiser toutes les fêtes qu'elle voulait avec ses copines brailleuses et débordantes d'énergie… mais si elle s'imaginait que Halley regretterait de ne pas faire partie de la bande des joyeuses bimbos, c'était carrément pathétique !

— Très bien. Donc… paragraphe 5. Garde de l'animal domestique.

Avalon retira une main du sac fourre-tout lui servant d'écritoire de fortune pour tripoter une mèche de cheveux.

La garde de l'animal ? Au départ, Avalon ne voulait même pas de Pucci. Elle avait tenté de convaincre Halley de réclamer un puggle[1].

---

1. Croisement entre un carlin et un beagle. (N.d.T.)

— Tu t'occupes de Pucci les lundis, mardis, jeudis et un vendredi sur deux, poursuivait Avalon. Je l'aurai les autres jours.

— Mais ça veut dire que tu passeras plus de temps avec elle, car je ne la récupère que les jours de classe et tu l'as tout le week-end, remarqua Halley, un nœud à l'estomac.

D'abord, Avalon pensait pouvoir faire main basse sur le jardin de la Sérénité et maintenant sur la chienne ?

— C'est vrai que j'y ai réfléchi, mais franchement… T'as de la chance que je n'en réclame pas la garde totale.

Avalon inspira un grand coup avant de continuer :

— Je m'en suis occupée tout l'été, je veux dire… et c'étaient les mois les plus formateurs de son existence. Et puis ton mode de vie un peu déjanté n'est pas favorable à l'éducation de Pucci. C'est encore une petite chienne… Inutile de se voiler la face, t'as une mauvaise influence et t'es pas le parent idéal.

Du côté de la vente de gâteaux, un accro des joutes verbales manqua s'étouffer de stupeur.

— C'est ridicule, dit Halley en se tournant vers les portes de l'entrée, comme la sonnerie du premier cours retentissait.

Elle se moquait de ce qu'Avalon avait bien pu rédiger dans son pitoyable accord à l'amiable. Pas question qu'on décide à sa place des parties du collège qui lui étaient réservées ou du jour où elle pouvait voir sa chienne.

— Attends ! s'écria Avalon en saisissant le bras bronzé de Halley, qui se dégagea aussitôt. Il nous reste encore une rubrique, le concours du cybermag.

Halley en avait suffisamment entendu. Elle traversa le hall d'entrée, passa devant ses camarades interloqués, prête à déchirer son contrat en mille morceaux et à les lancer à la figure d'Avalon.

— Je vais concourir seule, puisque à l'évidence je suis beaucoup plus calée que toi question mode et que la rubrique d'aujourd'hui remporte un succès dingue ! lui cria Avalon.

Lorsque Halley parvint à l'autre bout du hall et franchit la porte, elle jeta un œil sur son exemplaire du contrat :

« Par conséquent, Avalon Greene assumera de manière irrévocable la responsabilité de candidate pour le concours du meilleur blog, puisqu'elle se révèle la plus qualifiée en matière de mode et la plus douée des deux Fashion Blogueuses. »

— Faux et archifaux ! hurla Halley en lisant ces lignes.

— Pardon ? dit Avalon, qui l'avait rattrapée sur l'allée menant au cours de journalisme.

— Tu crois connaître la mode, mais c'est faux, répondit Halley en s'arrêtant si brusquement qu'Avalon la heurta de plein fouet.

Non seulement elle avait remanié leur rubrique de ce matin en la postant sans indiquer le nom de Halley, mais en plus il avait fallu qu'elle donne à tout le collège des conseils aussi nuls !

— Parce que toi, tu penses t'y connaître ? riposta Avalon en grimaçant devant le corsage beige de Halley, qu'elle avait assorti à une jupe crayon marron au genou et des bottines à boutons.

— Évidemment, dit Halley en lorgnant le débardeur marine qui flattait la silhouette d'Avalon, symbole de sa nouvelle philosophie « plus ça moule-plus c'est cool ».

Si quelqu'un avait dégringolé niveau style, c'était bel et bien Avalon. Le fait d'avoir perdu l'avantage lui restait sans doute en travers de la gorge.

— Ouais, bien sûr, ricana Avalon qui balança ses cheveux en arrière et repartit d'un bon pas. La rubrique, c'était mon idée. Alors, pas question d'abandonner.

— Non, c'était pas la tienne… et je ne lâche pas l'affaire non plus.

— Alors, on se sépare, suggéra Avalon en pressant l'allure.

— Comment ? s'enquit Halley, qui tentait de la rattraper à présent qu'elles approchaient du cours.

— Je rédige le blog de demain, tu peux te charger de celui de vendredi, et ensuite on alterne jusqu'à la fin du concours. Quand les élèves voteront, ils pourront dire laquelle de nous deux ils préfèrent.

— Cool ! s'écria Halley.

— Cool ! renchérit Avalon sur le même ton, en poussant vivement la porte de la salle de classe. Et que la meilleure gagne !

— Oh, ce sera moi ! répliqua Halley qui rejoignit comme une furie un bureau du fond, en se moquant de la place où la confinait le pseudo-contrat d'Avalon.

Il lui tardait de faire subir à la rubrique d'Avalon ce que celle-ci avait fait subir à leur amitié : la réduire en miettes !

Revirement de situation

Tandis qu'Avalon passait devant ses camarades avec son plateau dans les mains, elle avait l'impression de vivre ce genre de rêve où l'on baisse les yeux pour se découvrir tout nu dans la foule. Pourtant, elle était vêtue de la tête aux pieds : un débardeur marine super mignon et un bermuda écossais, pas moins. Alors pourquoi se sentait-elle si... exposée aux regards ? Elle reprit son souffle, redressa les épaules et se concentra sur les portes vitrées conduisant du réfectoire à la terrasse couverte.

Clac, clac, clac.

Le martèlement de ses sandales dorées sur l'étincelant sol en marbre l'apaisa.

— Salut, Avalon ! lança dans son dos une voix familière.

— Bree, dit-elle en se tournant, sourire aux lèvres, vers son amie.

— Ça va ? s'enquit Brianna en regardant le plateau d'Avalon. Hé ! Toutes les deux, on a choisi le thon albacore à l'hawaïenne.

— Je sais... C'est délicieux, pas vrai ?

Avalon souriait toujours tandis que Brianna et elle sortaient sur la terrasse. Elle essaya de ne pas regarder en direction de la table que Halley et elle avaient partagée depuis deux ans, mais Halley se trouvait déjà sur place, entourée d'Anna, de Lizbeth et de Carrie.

— Avalon ! appela Halley.

Avalon continua de marcher, se disant qu'elle pouvait faire mine de ne pas l'avoir entendue, mais Halley l'appela encore par son prénom, ne lui laissant pas trop le choix.

— Tu peux venir deux secondes ?

Comme elle s'approchait de son ex-meilleure amie en traînant les pieds, Avalon s'efforça de garder la mine enjouée. Qu'est-ce qu'elle pouvait bien lui vouloir ?

Halley posa sa serviette en lin blanc sur la table et jeta un regard aux filles assises à ses côtés.

— Alors, ça ne pose pas de problème si je suis installée là ? demanda-t-elle, narquoise.

— Bien sûr que non, répondit Avalon dans un hochement de tête, cramponnée à son plateau-repas. Pourquoi ?

— Ben…, reprit Halley en se penchant pour sortir le fameux dossier orange de sa sacoche. Le paragraphe 2 de ton contrat ne mentionne pas comment on est censées se répartir le réfectoire, alors je me suis mise à flipper comme une dingue… des fois que je me retrouve en maison de correction parce je ne suis pas assise au bon endroit !

Avalon leva les yeux au ciel. Quel manque de maturité ! Elle avait simplement voulu leur faciliter les choses à toutes deux… mais l'attitude gamine de Halley ne la surprenait pas vraiment.

— Bon, alors tu veux bien me transmettre les docus après modif, pour que mes avocats puissent y jeter un œil avant de reprendre contact avec toi ? répliqua Halley en riant, tandis qu'Anna, Carrie et Lizbeth plongeaient un regard gêné dans leur assiette.

— Euh… OK, dit Avalon qui la lorgna de travers et se sentit plus forte qu'elle, car les autres filles ignoraient la tentative de déstabilisation.

Puis elle se tourna gaiement vers Brianna :

— Oh, regarde, il y a toute la bande là-bas ! Allons-y !

Avalon désignait la table où s'installaient toujours les pom-pom girls et, comme Halley restait bouche bée, elle comprit qu'elle l'avait mise K.-O.

— À plus tard, les filles… *Bon appétit*[1] !

— Qu'est-ce qui se passe au juste ? s'enquit Brianna, tandis qu'Avalon et elle rejoignaient l'autre groupe.

— Oh, rien de grave.

Avalon ne savait pas trop si elle devait se confier aux filles. Qu'est-ce que Halley pouvait bien raconter à tout le monde ? Elle afficha de nouveau son sourire le plus convaincant et déclara :

---

1. En français dans le texte. (N.d.T.)

— Halley et moi, on vient de décider qu'il était temps qu'on fasse des trucs séparément... histoire d'affirmer chacune notre identité, tu vois ?

— Oh..., fit Brianna en hochant la tête d'un air plein de sagesse.

Avalon devinait qu'elle n'avait pas besoin de s'expliquer davantage. Brianna comprenait, c'était évident.

— Au fait, enchaîna Avalon avec ruse, il y a toujours une place à prendre dans l'équipe ? J'en ai un peu marre de la gym.

— C'est pas vrai, sérieux ! s'exclama Brianna en manquant lâcher son plateau. Oui ! Les épreuves de sélection se déroulent demain à 15 h 30 !

Avalon le savait très bien. Elle répétait en secret ses enchaînements depuis qu'elle avait rédigé le contrat de séparation la veille au soir. À vrai dire, ça ne l'enchantait pas d'abandonner la gym. Elle était douée dans ce domaine... plus que Halley... Mais avec sa nouvelle... silhouette, elle savait que ce n'était plus le sport idéal pour elle. Mieux valait rejoindre une équipe où ses atouts ne seraient pas un handicap.

Comme elle s'attablait parmi les pom-pom girls et leur disait bonjour, Avalon leva son verre de San Pellegrino et porta un toast muet : « À ma nouvelle vie. »

Stratégie guerrière

— *D*is donc, c'est vachement bien.

Halley pivota sur son tabouret. Sofee la regardait mettre la touche finale à son devoir de dessin, tandis que retentissait la sonnerie de la fin des cours.

— Oh, merci, dit Halley en souriant. Les arbres, c'est ma spécialité.

Elle glissa le saule pleureur au fusain sur le côté de la planche à dessin, puis arracha une nouvelle feuille de son bloc pour attaquer une autre esquisse, dans l'espoir de dissiper la petite bulle de stress qui commençait à la perturber.

— Je sais, dit Sofee dans un hochement de tête, tout en enroulant les écouteurs de son iPod autour de son minuscule Nano rouge.

Vêtue d'une de ses tenues classiques – pantalon cigarette noir, tee-shirt moulant London Calling et Converse montantes rouge fluo –, Sofee se tenait près des grandes tables d'architecte de l'atelier de dessin. En temps normal, Halley aurait tiqué en présence d'un look aussi « marqué », mais les longs cheveux ondulés à la fois blonds et noirs de Sofee, son piercing au nez de la taille d'une tache de rousseur et sa peau bronzée toute l'année la distinguaient des clones branchés sans aucune personnalité qui grouillaient dans les couloirs de la SMS.

— Ce chêne mutilé que tu as dessiné au stage était génial. Tout le monde le pensait.

— Merci, soupira Halley, ravie, tandis qu'elle ébauchait des volutes et des spirales bleu indigo au bord de la feuille.

Elle prit ensuite un crayon jaune soleil et travailla sur une image centrale… sans trop savoir ce que cela deviendrait. Comme elle s'emparait d'autres crayons et mélangeait les nuances, elle découvrit bientôt qu'elle avait créé une nouvelle couleur : la teinte or Pucci ! Elle continua, et son dessin se transforma en un portrait saisissant de la petite chienne qu'Avalon et elle adoraient.

— Alors, qu'est-ce que tu as fait de beau depuis le retour du stage… en dehors du collège ? s'enquit Sofee.

— Pas grand-chose, répondit Halley.

Elle se demandait combien de temps elle devrait attendre avant de l'interroger « d'un air détaché » au sujet de Wade, de ses centres d'intérêt… histoire de savoir combien de temps cela prendrait, selon Sofee, pour qu'il devienne le premier petit copain de Halley.

— J'ai traîné ici et là, poursuivit-elle. Rien de spécial, tu sais. Et toi ?

— Ben… euh, hésita Sofee l'espace d'une seconde. Je suis entrée dans un groupe de musicos !

— Génial ! répliqua Halley, sincèrement heureuse pour sa nouvelle amie.

Sofee avait époustouflé tout le monde en jouant une série de chansons de Coldplay, Blue October et Snow Patrol, lors du feu de camp de fin de stage. Tout l'été, elle avait parlé de monter un groupe. Halley était impressionnée qu'elle se soit déjà lancée. Mais bon… Sofee était du genre fonceuse.

— Je sais, c'est cool, hein ?

Sofee ouvrit sa sacoche noire style militaire avec une étoile rouge sur le rabat, qu'elle portait en bandoulière, et en sortit un *flyer* qu'elle tendit à Halley :

— On s'appelle les Dead Romeos.

Halley contempla le tract annonçant leur prochain spectacle, avec un dessin à main levée de Sofee de deux autres gars qui lui disaient vaguement quelque chose, et de… Wade !

Halley sourit, en essayant de garder son calme, tandis qu'elle préparait sa question en la répétant dans sa tête avant de se jeter à l'eau :

— C'est le garçon que tu m'as présenté hier ?

Sofee hocha la tête.

— Oui, oui. C'est le chanteur principal.

— Cool. Il a l'air vraiment sympa.

— Il l'est, acquiesça Sofee. Tous les gars du groupe le sont.

— J'ai hâte de vous entendre jouer, s'enthousiasma Halley, qui rangea ses dessins dans sa besace et se leva pour s'en aller.

— Tu pourrais devenir la présidente de notre fan-club ou un truc comme ça ! lança Sofee en riant, comme elles passaient devant la rangée de chevalets et de tabourets.

Tandis qu'elles quittaient la salle, la main de Halley effleura les fournitures le long du mur… une série d'étagères noires contenant des corbeilles en fil métallique remplies de toutes sortes de peintures, de crayons, de pastels, sans compter les carnets de croquis, palettes et autres châssis entoilés prêts à peindre. À l'extérieur, les couloirs fourmillaient de copies conformes des tenues qu'Avalon et Halley portaient la veille. Même les garçons donnaient l'impression d'avoir soigné leur look.

— Pourquoi pas ? s'esclaffa Halley.

— Ou bien tu peux être notre… agent de pub conceptrice de *flyers* ? suggéra Sofee, les sourcils en point d'interrogation, tandis que Halley regardait le tract qu'elle tenait en main. J'ai travaillé sur ce truc depuis lundi et je n'arrive pas franchement à l'améliorer.

— Enfin, c'est pas si mal, dit sincèrement Halley qui examinait le travail de son amie.

Bon, d'accord… Sofee n'avait pas tout à fait rendu la perfection des traits de Wade. Pour commencer, elle avait oublié la tache de rousseur au-dessus de son sourcil gauche.

— Mais je peux toujours essayer, si tu veux, ajouta-t-elle.

— Oui, s'il te plaît ! supplia Sofee, tandis qu'elles passaient devant une rangée de casiers. T'es tellement plus douée que moi en dessin !

— Mais tu vas devenir une rock star ! s'écria Halley comme elles arrivaient devant son casier, près du hall d'entrée.

Sofee jeta un regard hésitant autour d'elle, comme si elle cherchait quelqu'un. Puis elle se pencha et murmura :

— Y a un truc que je pige pas…

— Quoi donc ? dit Halley en composant la combinaison de son casier : 23-12-96.

Il s'agissait de la date de naissance d'Avalon. La sienne étant la combinaison du casier d'Avalon.

— Comment tu peux être copine avec Avalon Greene ? demanda Sofee en retirant un fil qui pendait de l'ourlet de son tee-shirt. Je sais que tu m'as dit qu'elle était sympa, que je devrais lui laisser une chance… mais, bon, j'ai essayé et je comprends toujours pas.

Sofee haussa les épaules, comme pour s'excuser et ajouta :

— Je veux dire, t'es tellement cool, facile à vivre, et elle tellement coincée, miss Perfection, toujours tirée à quatre épingles.

Halley lutta contre l'envie de défendre sa meilleure amie... enfin, son ex-meilleure amie. Une semaine plus tôt, elle aurait rétorqué qu'Avalon avait un charme bien à elle, qu'il fallait la connaître. Mais aujourd'hui ? Pour la première fois, elle avait plus ou moins envie d'approuver Sofee.

— Hmm..., fit Halley en fronçant les sourcils comme elle fermait son casier. C'est peut-être pourquoi on ne traîne plus ensemble.

— Vraiment ? dit Sofee, dont le regard sombre s'éclaircit aussitôt.

Halley hocha la tête, l'air incertaine. Ça lui faisait bizarre de l'avouer. Pendant le déjeuner, elle n'était pas entrée dans les détails avec Carrie, Anna et Lizbeth. Elle avait simplement dit qu'Avalon et elle s'étaient disputées, car elle ne savait pas trop ce qui se passait. À présent, c'était très clair dans sa tête.

Elle ouvrit sa besace pour troquer son carnet de croquis contre son classeur de sciences naturelles et aperçut alors le minable dossier orange d'Avalon, destiné à régler juridiquement leur séparation. Elle se sentait mal à l'aise à cause de ce document ridicule qu'Avalon lui avait collé sous le nez. Surtout la partie mentionnant que Halley n'était pas franchement qualifiée pour s'occuper de Pucci. Elle prit une profonde inspiration et tenta de se convaincre qu'elle avait le droit de déblatérer sur son ex-meilleure amie.

— Ouais… C'est dur de traîner avec quelqu'un d'aussi coincé, tu sais ?

— Je m'en doute ! admit Sofee, l'air soulagée. Est-ce qu'elle est toujours aussi maniaque ?

— Ouais ! C'est dément, répliqua Halley sans réfléchir, les mots s'échappant tout seuls de ses lèvres. T'imagines qu'elle met des codes couleur sur ses tiroirs à sous-vêtements… avec des dates d'expiration sur chaque compartiment, pour éviter les problèmes d'élastiques qui se détendent ?

— J'en reviens pas ! hurla Sofee en riant aux larmes.

Halley gloussa avec elle, tout en gardant un vague goût amer dans la bouche. Même si l'anecdote était vraie, elle paraissait encore pire que la réalité. C'était comme si elle se retrouvait dans une lutte à la corde… avec ses sentiments pour l'ancienne Avalon qui la tiraient dans une direction et son dégoût pour la nouvelle Avalon qui la tirait dans l'autre. Avant, Halley trouvait qu'étiqueter les tiroirs à sous-vêtements était une bonne idée. Aujourd'hui, ça la faisait rire aux éclats. Avant, Halley défendait Avalon. À présent, elle trahissait des secrets qu'elle avait juré sur une pile de *Vogue* vintage de ne jamais révéler à qui que ce soit.

— Bon, alors, si t'as rien de prévu avec elle, reprit Sofee, tu devrais peut-être venir nous voir répéter avec le groupe, demain après les cours. Tâche de trouver une idée pour le *flyer*.

Les paroles n'étaient pas sitôt sorties des lèvres au lip gloss mauve de Sofee que Halley sentit son horizon s'éclaircir et redevint elle-même. Une version de Halley libérée d'Avalon : détendue, confiante et heureuse. Désormais, elle allait revoir Wade, et peut-être – peut-être seulement – que lorsque son regard croiserait le sien, il lui annoncerait qu'il avait écrit une toute nouvelle chanson pour lui dire combien il la trouvait géniale…

— Je m'en réjouis d'avance, dit-elle en souriant.

Son premier sourire sincère de la journée.

VIE SCOLAIRE SANTÉ SPORT LOISIRS CONCOURS

Passons sur le passé
par la Fashion Blogueuse numéro 1

posté le jeudi 11/9 à 7 h 21

Salut, les stars du chic et du choc ! Pour info, sachez que les Fashion Blogueuses se sont officiellement séparées pour tenir ce blog… Vous pourrez donc nous lire en alternance, un jour sur deux, en tout cas jusqu'à ce que vous décidiez de la gagnante (votez pour moi ! Votez pour moi !). Vu le déluge de commentaires sur ma rubrique d'hier, je me suis dit que j'allais vous donner encore deux ou trois tuyaux avant de passer le relais.

En fait, c'est normal qu'on se sépare. Après tout, pour rester à la pointe de la mode, il faut savoir s'adapter. Réfléchissez deux secondes. Pourquoi s'accrocher à quelque chose qui ne vous attire plus ou qui se révèle totalement dépassé ? OK, mais comment savoir à quel moment s'en débarrasser ? Posez-vous les bonnes questions !

1. Folle envie, lubie ?

Sauter à pieds joints sur la dernière tendance, ça peut arriver à tout le monde. Mais si cette mode s'achève avant même que vous ayez le temps de crier : « Bottines à boutons ! » – lesquelles, à moins d'être une fan de Mary Poppins, ont toujours mérité un beurk –, admettez que vous vous êtes trompée et succombez à un nouveau caprice ! Mieux encore, essayez un truc in-dé-mo-da-ble !

2. Sympa un jour, ringard toujours ?

Dans la boutique, vous trouviez ces collants à paillettes super mignons, alors pourquoi vous avez changé d'avis en voyant les mines horrifiées de vos copines ? Au mieux, ils méritaient la mention « limite »… Pour l'amour du ciel, retirez-les et faites-en des chiffons ! (Peut-être qu'ils vous serviront un jour en cours d'arts plastiques !)

3. Aussitôt acheté, aussitôt oublié ?

Cette fringue vous a tapé dans l'œil, mais une fois à la maison, vous l'avez oubliée dans le placard. Visiblement, elle ne méritait pas d'être gardée. Traduction : empaquetez cette tenue déprimante qui vous rappelle ce camp d'ados sordide et envoyez-la à quelqu'un qui saura l'apprécier (du genre qui s'habille à l'Armée du salut).

En résumé : allez toujours de l'avant et oubliez les faux pas vestimentaires de la saison passée. Si hier vous vous êtes trompée, demain vous serez branchée.

C'est tout pour aujourd'hui, les filles. Alors, n'oubliez pas : posez-vous les bonnes questions et vous deviendrez canon !
Bon shopping,

Avalon Greene

COMMENTAIRES (189)

Alors, C vrai ? Les Fashion Blogueuses se sont battues bec et ongles ? De tte manière, j'adore les coups de griffe sur ce blog !
Posté par radio-potins le 11/9 à 7 h 28.

Maintenant, on C qui est la véritable Fashion Blogueuse... C la n° 1 !
Posté par look_d_enfer le 11/9 à 7 h 45.

C le travail d'équipe ki paie, les filles. N'importe kel coach vous le dira. Vs courez o Dsastre !
Posté par bowling_boy le 11/9 à 7 h 45.

G retenu la leçon. Je V remplir un carton avec ttes mes fringues de colo hideuses et je le jetterai à la poubelle après les cours. Merci !
Posté par langue_de_VIP le 11/9 à 7 h 58.

De quoi se réjouir ?

*A*valon passait devant les villas de la SMS sous un soleil de plomb. Il n'était que 15 h 15, mais elle entendait déjà des voix hurler en chœur sur le terrain de foot.

« Puissance maxi, les filles ! Allez, on s'active et on sourit ! »

Il faisait chaud et humide et le soleil jouait à cache-cache avec les nuages, en projetant sur la pelouse un éclat étrange et angoissant. Du dos de la main, Avalon essuya son front où perlait la transpiration. Elle retira son sweat Roxy à capuche couleur vert sauge, qu'elle avait assorti à son corsaire, avec un débardeur de sport blanc et des Nike blanches à bandes vertes. Vêtue pour impressionner tout le monde, elle était prête à remporter l'épreuve de sélection haut la main.

— Salut, Avalon ! lui cria Brianna, postée devant les tribunes, où une dizaine de filles pleines d'espoir attendaient, nerveuses, sur le banc du bas. Les formulaires sont sur la table et on commence d'ici quelques minutes.

Comme Brianna trottinait vers l'équipe, Avalon s'empara d'un stylo et d'une feuille qu'elle remplit rapidement. Sourire de commande aux lèvres, elle rejoignit les filles dans les tribunes en les saluant au passage.

— OK ! lança Brianna, qui revint vers elles en sautillant.

Les pom-pom girls en poste restaient sur la pelouse pour réviser leurs enchaînements avec le coach Carlson, une petite femme rondelette aux joues roses, aux cheveux orange tout frisés, et à la passion lamentable pour les sweat-shirts aux couleurs de l'Amérique. Aujourd'hui, son choix s'était porté sur un modèle rouge vif à manches courtes, avec sur la poitrine un aigle tenant le drapeau des États-Unis dans le bec. Le tout associé à un short bleu électrique, un peu trop étroit pour ses cuisses replètes et pâlichonnes.

— Comme vous le savez toutes, on n'est plus que neuf dans l'équipe depuis que le père d'Amy Channing a été muté à Chicago, dit Brianna, le regard focalisé sur Avalon avant de s'adresser aux autres candidates. On a vraiment besoin d'être dix pour atteindre notre potentiel maximum... et c'est pourquoi vous êtes toutes ici. On va vous apprendre des mouvements de base, et ensuite vous aurez la possibilité de nous montrer chacune ce dont vous êtes capables. Pour le moment, je vous propose de venir voir l'équipe vous indiquer quelques enchaînements que vous effectuerez ensuite.

Avalon s'avança avec le reste du groupe vers le terrain de football. Elle jeta un œil sur les filles alentour qui arboraient leur mine la plus enjouée. À l'évidence, c'est elle qui serait choisie. Elle s'imaginait déjà dans une tenue craquante de pom-pom girl avec son prénom brodé sur la poitrine.

— OK, qui m'aime me suive ! lança Brianna.

Avalon revint à la réalité. Il était temps de montrer aux autres qu'elles étaient de vraies gourdes à côté d'elle !

Brianna se mit à compter :

— Cinq… six… sept… huit…

Puis elle attaqua l'enchaînement.

Euh… c'était quoi déjà, la première phrase ? Avalon fit de son mieux pour garder le rythme, mais chaque fois qu'elle essayait de synchroniser ses pas avec les mots, elle se retrouvait en décalage. Et pourquoi ne parvenait-elle pas à battre des mains en mesure ?

— Bon travail, les filles ! Encore deux ou trois essais et c'est OK !

La voix enthousiaste de Brianna rendait Avalon nerveuse et elle sentit la sueur couler dans son dos.

Allez, concentre-toi. Tu peux y arriver, se dit Avalon. Elle inspira profondément, tendit les bras au maximum et s'efforça de rester en rythme.

C'était plus dur que prévu. Avalon frappait si fort qu'elle en avait mal aux mains. *T'as pas le choix, il faut que tu rentres dans l'équipe. T'as abandonné la gym pour ça.* La petite voix dans la tête d'Avalon étouffait les cris qu'elle poussait à tue-tête. Elle jeta un regard autour d'elle. Les autres candidates avaient l'air de batailler aussi. Mais Brianna la soutenait.

— OK, les filles. À vous de nous montrer ce que vous avez dans les tripes ! reprit Brianna en rassemblant les postulantes. Tirez chacune un numéro dans la coupe posée sur la table. Celle qui a le numéro 1, tu nous rejoins sur le terrain. Celle qui a le 2, t'attends ton tour, et ainsi de suite. Bonne chance à toutes !

Avalon poussa un énorme soupir de soulagement en tirant le numéro 10, le dernier. Elle regagna les tribunes en trottinant. Elle n'avait jamais compris les gens qui ne regardaient pas leurs adversaires. Avalon avait besoin de savoir exactement qui elle devait battre.

Il y avait :

— Kitty Jenkins, qui savait placer sa voix et coordonner ses mouvements, mais Avalon était distraite par ses lunettes à monture sombre et son énorme queue-de-cheval brune bouclée qui n'arrêtait pas de lui fouetter le visage ;

— Laura Mortenson, avec ses yeux bleus pétillants et sa longue queue-de-cheval blonde. Elle collait au personnage, mais sa voix chaude et sensuelle évoquait davantage Marilyn Monroe qu'une pom-pom girl pleine d'entrain ;

— Ximena du Point, qui prétendait appartenir à la célèbre dynastie, mais en réalité avait adopté le nom quand sa mère avait divorcé de son père, l'entraîneur de la Ligue nationale de football. La seule chose qu'elle ait hérité de lui, c'était son physique.

Tout en contemplant le terrain vert émeraude qui surplombait l'océan Pacifique, Avalon pensa que ce serait plus facile que prévu. Aucune des filles ne représentait une véritable menace. Quand Brianna l'appela sur la pelouse, Avalon était prête à passer à l'attaque.

Elle bondit des tribunes et courut sur le terrain. Le coach Carlson et toute l'équipe étaient assis à la table, stylo en main, prêts à noter la prestation d'Avalon.

—Cinq… six… sept… huit… ! lança Brianna.

Avalon se tint bien droite, mains derrière le dos, et les gratifia de son sourire le plus épanoui. Elle chassa la peur qui lui nouait l'estomac et prit une grande inspiration.

Prête ? OK !
« L-I-O-N-S !
Nous sommes les Lions, nous sommes les champions !
Les Lions, les Lions rugiront !
Les Lions, les Lions marqueront !
Les Lions, les Lions vous battront !
Les Lions, les Lions seront champions !
Allez, les Lions ! »

Avalon était tellement focalisée sur son enchaînement qu'elle ne marqua même pas une pause avant de se lancer dans un rapide salto arrière. Souriant toujours à belles dents, elle l'acheva par un grand écart pour conclure en beauté.

— Allez, les Lions ! Vous êtes des champions !

— Beau travail ! commenta Brianna, radieuse, tout en observant le coach Carlson, qui leva le pouce pour signifier son approbation. Quelques pom-pom girls applaudirent, toutes dents dehors. Kitty, Laura et Ximena affichaient une mine déconfite. Avalon remercia en silence tous les profs de gym qu'elle avait eus jusque-là.

— OK, les filles, reprit Brianna en se tournant vers les tribunes, tandis qu'Avalon rejoignait les autres candidates et ravalait la boule de nervosité qui lui serrait la gorge. Vous pouvez faire ce que vous voulez pendant qu'on calcule vos points.

Brianna, le coach Carlson et le reste de l'équipe se regroupèrent autour de la table.

— Mais ou est passée l'autre moitié de Hal-Valon ? demanda Kitty en s'approchant d'Avalon.

— Elle préfère garder la gym ce trimestre, expliqua Avalon d'un air désinvolte. Moi j'ai décidé qu'il était temps de changer.

— T'as bien raison, approuva Kitty en retirant ses lunettes pour les essuyer sur son débardeur rose layette, ses boucles brunes flottant dans la brise. Tu t'es drôlement bien débrouillée.

— Merci ! Toi aussi, lui assura Avalon.

— Ton salto arrière était d'enfer, intervint gentiment Laura qui se mêla à la conversation. Je parie que c'est toi qui auras la place.

— On verra bien…, dit Avalon, espérant que Laura ne se trompait pas. Ça ressemble à la gym, mais c'est bien plus dur que je ne l'imaginais.

— Vachement plus dur ! renchérit une fille assise à sa gauche, Justine Zimmermann, une grande sauterelle aux cheveux noirs coupés court, qui grattait une tache d'herbe sur son short rose pâle.

Elle n'avait même pas tenté sa chance. Avalon n'eut pas le temps de lui répondre, car les pom-pom girls avaient fini de délibérer, et leur groupe se séparait.

— OK ! s'écria Brianna, mains sur les hanches et jambes écartées, comme si elle allait se lancer dans un enchaînement. On a calculé vos scores, et c'était vraiment, vraiment serré. Mais le nouveau membre de notre équipe est…

Les pom-pom girls accoururent pour former le « V » de la victoire :

— A-V-A-L-O-N ! Avalon ! Avalon ! Avalon !

— Waouh ! Merci beaucoup, les filles ! répliqua Avalon en poussant un cri de joie.

Après qu'Avalon eut rejoint sa nouvelle équipe pour bondir et hurler avec les autres comme une folle sur le terrain, le coach Carlson appela Brianna pour discuter uniformes. Avalon suivit les autres au vestiaire. Elle prit une grande bouffée d'air marin et contempla les vagues qui se brisaient sur les falaises. Les collines de la SMS semblaient plus verdoyantes que jamais.

— T'as fait un enchaînement de pro. Bravo ! la félicita Sydney McDowel, la capitaine ajointe, tandis qu'elles regagnaient l'établissement.

Avec ses cuisses de mouche qui flottaient dans son short en éponge mauve assorti à son sweat-shirt à capuche – le tout s'harmonisant avec ses yeux violets –, Sydney faisait penser à un grain de raisin surmonté d'une natte. Ses paroles étaient peut-être sympas, mais l'expression de son visage les contredisait.

— Merci.

Avalon tenta de l'ignorer, pensant plutôt qu'elle était à présent une pom-pom girl à part entière. Elle faisait partie de la bande. Bonjour les minijupes, les pulls sur mesure… et les joueurs de football, de base-ball et de water-polo… tous plus mignons les uns que les autres !

— Hé, les filles ! Avalon ne vous rappelle pas celle qui remuait tout le temps au stage ? demanda Sydney aux autres pom-pom girls, comme elles passaient devant les villas de la SMS.

Celle qui remuait tout le temps ? Qu'est-ce que c'était censé vouloir dire ? Ça n'avait pas vraiment l'air d'un compliment…

— Ouais, je l'avais complètement oubliée, répondit Tanya Williams, son gilet et son short blancs en stretch soulignant sa silhouette musclée au bronzage couleur Louis Vuitton.

— Ooooh ! Vous vous souvenez quand son équipe s'est lancée dans ce numéro avec l'ours en peluche géant qui nous faisait flipper ? ajouta Andi Lynch, une brune frisée pleine d'énergie qui se croyait forcée de hurler même à quelques centimètres de distance.

— Pfft ! De vraies nullités ! s'esclaffa Sydney en pressant le pas pour rejoindre les autres et laisser Avalon à la traîne. Elles ne savaient même pas faire la différence entre un salto tendu et un salto groupé. Et quand elles ont dégringolé de la pyramide, miss Convulsions a failli se casser la jambe !

— Dingue ! C'était le délire total ! s'égosilla Andi.

Avalon resta encore plus en retrait, tandis que les filles gloussaient en évoquant le stage de pom-pom girls, les matchs de l'année précédente et les voyages en bus avec les garçons. Après avoir passé tout l'été avec Bree, Avalon croyait pouvoir s'intégrer facilement à l'équipe… Pourtant, elle ne s'était jamais sentie aussi exclue. On avait beau réussir l'épreuve de sélection, on ne devenait pas pom-pom girl du jour au lendemain. Elle avait cependant franchi ce cap. Et même si elle le voulait, Avalon ne pouvait plus faire machine arrière, maintenant…

Je fais partie du groupe

*H*alley se tenait à la porte de la salle et tentait de calculer au mieux son entrée. De grandes notes de musique argentées décoraient les murs, et tout le mobilier évoquait ce thème. La plupart des chaises ressemblaient à des notes. Elle contempla la nuque de Wade et ses cheveux noirs soyeux, puis s'autorisa à promener son regard le long de son tee-shirt marine délavé et de son ceinturon brun clouté. Il était assis au piano demi-queue et jouait quelques accords qui faisaient penser à un air de The Fray.

— Génial !

Un garçon trapu aux cheveux blond cendré, auquel Halley n'avait pas parlé depuis le primaire, s'avança vers une batterie bleu roi constellée de paillettes et se mit à accompagner Wade en battant la mesure. Comment il s'appelait déjà ? Mason quelque chose… Les yeux de Halley revinrent vers Wade et son épaisse chevelure de jais.

Un grand brun maigre plein de taches de rousseur, avec une tignasse frisée qui lui descendait presque aux épaules, saisit une guitare basse couleur érable et ajouta son tempo. Halley ne se souvenait ni de son nom ni de son prénom. Elle s'avança tout doucement et s'installa sur une chaise métallique près de la porte, en regardant Sofee s'emparer d'une guitare électrique rouge cerise pour improviser avec les autres.

Dès que Wade se mit à chanter, Halley eut l'impression que ses yeux se transformaient en petits cœurs, comme dans les dessins animés. Elle ne distingua pas bien toutes les paroles, mais il était question d'une fille, d'un océan et d'un champ de blé. Sans aucun doute la plus belle chanson que Halley ait jamais entendue.

— On est les meilleurs ! s'écria Mason quand ils eurent terminé.

Il bondit de derrière sa batterie et lança par mégarde une baguette en l'air, qui voltigea dans la direction de Halley.

— T'es qui, toi ?

— Salut, je ne t'avais pas vue ! dit Sofee, sourire aux lèvres, en reposant sa guitare sur son support métallique pour se précipiter vers elle. C'est une amie, précisa-t-elle à Mason.

Sofee traîna quasiment Halley vers la minuscule scène à l'avant de la salle.

— Je lui ai demandé de refaire nos *flyers*, comme les miens était franchement nazes.

— Ils étaient super, dit Wade, qui pivota sur le tabouret du piano et se leva.

Halley put enfin admirer son visage parfait, ses lèvres délicieusement charnues, ses…

— Mais d'autres modèles nous seront toujours utiles.

— Halley, tu te souviens de Wade ? demanda Sofee en entraînant son amie vers le piano. Et je te présente Evan Davidson et Mason Lawrence.

Evan le brun regarda le bout de ses chaussures.

— Salut tout le monde, dit Halley en levant une main manucurée aux ongles bleu marine. Ce morceau était à tomber !

— Vraiment ? s'enquit Mason, qui l'observa, la tête inclinée.

— Oui, oui, insista Halley, confiante, en se demandant si Wade se rendait compte que Mason avait l'air de l'apprécier.

Elle n'était pas experte en garçons, mais de toute évidence Mason la trouvait à son goût. Parfait… autant rendre Wade jaloux !

— Merci, dit celui-ci, rayonnant, le regard fixé sur elle.

Un point pour Halley Brandon ! Il s'appuya contre une chaise en forme de note de musique et ajouta :

— On commence à peine à bosser dessus, alors elle ne peut que s'améliorer.

— Croisons les doigts…, dit Evan d'une voix calme, en souriant timidement à Halley.

Il lui rappelait son frère, en plus sérieux.

— Alors, comme ça, t'aimes les Beastie Boys ?

Halley était ravie que quelqu'un du groupe ait remarqué le tee-shirt qu'elle avait piqué dans le placard de sa mère tout spécialement pour la répétition des Dead Romeos.

— Ouais, bien sûr, acquiesça Halley dans un mouvement de tête qui fit retomber ses cheveux sur son épaule droite.

Elle s'était entraînée un million de fois depuis la veille au soir. En temps normal, elle aurait demandé à Avalon de lui confirmer que ça faisait autant d'effet qu'elle le croyait, mais elle était quasi sûre de son coup.

— Ma mère a travaillé dans l'industrie du disque, et je suis allée à une bonne centaine de leurs concerts.

— Waouh ! s'extasia Evan, repoussant en arrière ses boucles brunes, qui lui retombèrent aussitôt sur le visage. Quels autres groupes elle a connus ?

— Hmm…, hésita Halley, qui tenta de se rappeler les noms des artistes dont les plaques étaient accrochées chez elle, dans le couloir de l'étage. Duran Duran, Crowded House, Red Hot Chili Peppers, R.E.M, les Beatles… ?

Mason lâcha la baguette qui lui restait en main :

— Ta mère a connu les Beatles ? Ils ne sont pas tous morts ?

Halley se mit à rire, comme si elle détenait une info capitale. En revanche, elle ignorait si sa mère avait vraiment connu tous ces groupes, mais s'imaginait qu'elle avait dû les approcher… *(Note pour moi-même : penser à écouter ces CD dans les cartons au garage.)*

— Et si tu restais pendant qu'on répète encore un ou deux titres ? suggéra Wade. Tu pourras peut-être nous dire ce que t'en penses.

— Ouais, Halley. Reste, renchérit Sofee en plaquant un accord sur sa guitare, qu'elle avait reprise.

Halley sourit et s'installa au premier rang de la salle agencée comme un petit théâtre. Mason récupéra ses baguettes et attaqua l'intro d'un morceau. Elle avait l'impression d'assister au concert le plus génial de la ville, et pensa que d'ici peu le chanteur du groupe allait l'inviter en coulisse à sortir avec elle.

Bien sûr, Halley ne pouvait même pas faire semblant d'écouter les paroles. C'était comme si l'orchestre jouait en fond sonore pour le duo d'amour qui allait commencer d'une minute à l'autre. Et plus la chanson durait, plus le regard de Wade s'attardait sur elle.

Quand ils achevèrent leur troisième morceau, Halley se sentait comme sur un petit nuage. Elle n'avait jamais éprouvé une telle sensation. Même quand elle remportait une compétition de gymnastique, ce n'était pas aussi fort.

Mince ! La gym !

Halley se tourna vers la pendule sur le mur du fond de la salle : 15 h 48. Elle avait dix-huit minutes de retard pour l'entraînement ! Elle empoigna sa besace et se précipita vers la porte.

— Hé ! Où tu vas ? lui cria Mason.

— Oh… 'scusez-moi ! C'était super. Mais je suis à la bourre… À plus !

Halley n'aurait pu prévoir une meilleure sortie de la répétition. Pour un peu, on aurait cru voir filer Cendrillon. Ça ne ferait qu'ajouter à son mystère. Comment Wade pourrait-il y résister ?

La guerre est déclarée

Un 4 × 4 Lexus gris, un Hummer jaune, une Jaguar verte décapotable, une Toyota Prius blanche, un monospace BMW métallisé, une Jeep rouge, une Kia Rio dorée… Beurk ! Une Kia ? Avalon soupirait en voyant les voitures démarrer devant la grille en fer forgé et contourner le terre-plein couvert d'une pelouse, au centre de l'allée circulaire de la SMS. D'un geste de la main, elle dit au revoir à certaines de ses anciennes copines de gymnastique et à ses actuelles coéquipières du groupe de pom-pom girls, tandis qu'elles s'engouffraient dans les véhicules de leurs parents.

C'était un après-midi étouffant, le mercure frisait les 30 °C ; Halley et Avalon tentaient toutes les deux d'échapper au soleil, à l'ombre du dôme de la cour d'entrée, pendant qu'elles attendaient qu'Abigail Brandon vienne les chercher. Avalon lorgna par-dessus son épaule, comme Halley farfouillait dans sa besace. Celle-ci essayait visiblement d'avoir l'air occupée pour éviter de lui parler.

La seule chose qu'elles n'avaient pu diviser en deux, c'était le covoiturage. Hélas, aucun des véhicules de la longue file qui passait devant elles n'appartenait à la mère de Halley… même si Avalon n'était guère pressée de rentrer chez elle en compagnie d'une Brandon, et encore moins avec deux !

Avalon avança sa lèvre inférieure et souffla vers le haut, tentant vainement de se rafraîchir. Elle regrettait d'avoir remis ce gilet en cachemire gris, en se changeant après l'entraînement. Elle était en nage, et le gilet lui piquait la peau, sans compter que la tension entre Halley et elle ne faisait qu'augmenter son malaise. Une feuille de papier voleta jusqu'aux pieds d'Avalon. Elle suivit sa trajectoire du regard. Ça ressemblait à une esquisse de Sofee Hughes et… de ce Wade sur lequel Halley avait fait une chanson. Elle était encore en train de dessiner ce malade ? Avalon se baissa et ramassa le bout de papier.

— Hé, c'est ce que je cherchais ! s'écria Halley en tentant de saisir son ébauche de *flyer* destiné aux Dead Romeos. Rends-le-moi !

— J'hallucine, t'es devenue groupie ? ricana Avalon en lui rendant l'esquisse d'un geste brusque.

— Groupie ? répéta Halley, qui s'empara de la feuille et la serra contre elle, comme s'il s'agissait d'un des rares exemplaires vintage de *Vogue* qu'elles avaient dénichés à cinquante dollars pièce sur eBay. T'as tout faux, je suis une amie du groupe et je travaille sur un nouveau *flyer* pour leur concert. En fait, je suis leur agent de pub !

Pathétique ! Avalon ne savait pas trop si la nouvelle lubie rock'n roll de Halley l'amusait ou l'attristait.

— Ben j'espère que tu ne vas pas rater le portrait de Sofee... histoire de la rendre aussi moche qu'elle est en vrai !

— Cause toujours, répliqua Halley en balançant sa besace sur son épaule, le regard furieux. Sofee est géniale !

— Ouais, c'est ça...

Avalon éclata de rire. Un peu trop fort pour être convaincante ?

— Cette fille se la joue grave ! enchaîna-t-elle. Et comme tu cherches apparemment à l'imiter, j'imagine que ça fait de toi... quoi ? Une petite joueuse ?

— T'es jalouse ? rétorqua aussitôt Halley, qui tira sur son tee-shirt pour s'éventer et baissa les yeux sans grande conviction.

— Tu parles comme je suis jalouse de cette maigrichonne, folle de piercings par-dessus le marché !

— N'en rajoute pas. Elle en a un minuscule sur le nez, c'est tout, corrigea Halley.

Elle lorgna Avalon avec dédain en plissant les yeux et poursuivit :

— En attendant, c'est pas une allergique au bronzage comme toi, miss Aspirine ! Ni une malade de la décoloration !

— Pardon ? C'est ma teinte naturelle… quand je prends le soleil, insista Avalon.

Elle tira vivement sur sa queue-de-cheval des deux mains, qui se mirent à trembler comme elle entortillait ses cheveux pour les nouer. Deux fois seulement, elle avait fait des reflets chez un coiffeur, et affirmait depuis que la couleur était partie.

— Et allergique au bronzage ? C'est le lavabo qui se moque du cachet d'aspirine, Blanche-Neige !

— C'est ma couleur naturelle… quand je prends le soleil, minauda Halley, moqueuse, en retroussant son nez parsemé de taches de rousseur. C'est toi qui vas de la plage à la piscine, en passant par la case autobronzant… et je suis sûre que ça va empirer maintenant que tu suis comme un toutou les pom-pom grandes gueules !

— Franchement, c'est minable, grimaça Avalon. Et, s'il te plaît, évite d'insulter la capitaine de notre équipe. Figure-toi que je suis moi aussi une pom-pom girl, maintenant !

Halley écarquilla des yeux terrorisés.

— Je viens de réussir l'épreuve, ajouta Avalon en redressant la tête avec dédain.

Mais l'annonce tombait un peu à plat. Elle n'avait pas franchement prévu de révéler la nouvelle au beau milieu d'un concours d'insultes.

— Alors, comme ça… de suiveuse, t'es passée à brailleuse à part entière ? s'enquit Halley en haussant ses sourcils bruns.

C'en était trop. Avalon décocha un regard noir à cette fille qu'elle appelait autrefois sa meilleure amie. Une dizaine d'élèves se tenaient près de l'allée du parking et ne perdaient pas un mot de l'échange entre elles deux.

Avant qu'Avalon puisse réagir et limiter les dégâts, elle entendit un coup de Klaxon familier. Elle se tourna et vit sa propre mère assise au volant de sa BMW décapotable gris métallisé, avec Abigail Brandon sur le siège passager et Pucci sur la banquette arrière.

— Qu'est-ce que ta mère fait là ? marmonna Halley, se dirigeant furtivement vers la voiture.

— J'en sais rien, grommela Avalon, qui tentait de faire bonne figure en la suivant.

— Salut, les filles ! lança Constance, radieuse, derrière ses lunettes de soleil YSL à monture d'écaille.

Son carré court blond platine était ébouriffé après avoir roulé capote baissée, mais son chemisier Ralph Lauren sans manches en oxford à rayures bleues et son corsaire en lin beige demeuraient impeccables.

— Salut, les filles, dit Abigail, qui fit un signe de la main, en repoussant machinalement ses longs cheveux auburn derrière les épaules.

Jusqu'ici, Avalon trouvait plutôt sympas les tee-shirts pop-rock vintage d'Abigail (aujourd'hui, c'était David Bowie en rose layette) et son attitude d'éternelle adolescente baba cool. À présent, elle se rendait compte que son passé de cadre dans l'industrie du disque à Hollywood faisait d'elle une espèce de groupie professionnelle totalement immature.

Telle mère, telle fille.

— Salut, m'man. Salut, Abby.

Avalon s'efforça de sourire en s'installant dans le véhicule derrière Constance et couvrit Pucci de baisers. Au moins, la petite chienne servirait de barrage entre Halley et elle.

— Comment ça se fait que vous soyez là toutes les deux ? ajouta-t-elle.

— Ouais, c'est quoi cette nouveauté ? renchérit Halley en plantant un bisou sur la joue de sa mère, avant de s'asseoir derrière elle.

— Nous avons une gran-ande surprise pour vous ! répliqua Constance en chantonnant, tandis qu'elle vérifiait son rouge à lèvres « baies sauvages » dans le rétroviseur.

La dernière surprise qu'elles avaient offerte aux filles, c'était la mignonne petite Pucci, pelotonnée au fond d'une grosse boîte bleue, en guise de cadeau pour leur passage en quatrième.

— Nous avons réservé Georges pour votre soirée ! annonça Constance en s'éloignant des grilles de l'école pour amorcer la descente de la colline le long de sa route tortueuse, tandis que les eaux cristallines se brisaient au loin sur les falaises de grès.

Avalon sentit un frisson d'excitation parcourir son dos. Georges comptait parmi les restaurants les plus réputés de la ville. Sa sœur Courtney y avait fêté les seize ans de bon nombre de ses copines et elle affirmait que l'établissement était fabuleux… ultramoderne avec des vues panoramiques sur la crique de La Jolla. Avalon avait passé l'été à rêver de cette soirée, et le grand moment arrivait enfin !

Elle se tourna vers sa meilleure amie, mais Halley regardait droit devant elle… ce qui faisait d'elle son ex-meilleure amie. Comment expliquer ça aux Mam's ?

— Ils avaient déjà une autre fête de réservée, continua Abigail en se tournant pour regarder les filles sous ses Ray-Ban à monture argentée. Mais grâce aux formidables talents de négociatrice de Connie et aux relations de papa, ils étaient prêts à bousculer leur planning pour nous recevoir.

— Et comme une bonne nouvelle ne vient jamais seule, enchaîna Constance, nous y allons tous ce soir pour dîner en famille, afin que vous puissiez choisir vos menus pour la soirée !

Avalon ne savait pas si elle devait en rire ou en pleurer. Georges aurait été l'endroit idéal pour fêter son amitié avec Halley… si elles avaient été encore amies. Elles ne pouvaient pas vraiment annoncer de but en blanc aux Mam's que la soirée était passée à la trappe… avec leur amitié. Halley tourna enfin la tête et dévisagea Avalon. Ses yeux n'étaient plus gris et tristes. En fait, ils étincelaient.

Pour la première fois de sa vie, Avalon ne savait pas comment interpréter l'expression du visage de Halley – ce qui l'effrayait plus que jamais.

Échange d'amabilités en entrée

— **M**agnifique, non ?

Charles Brandon souriait à belles dents, qui étincelaient autant que ses yeux bleu-gris dans le soleil de fin de journée. Avec sa barbe de deux jours sur sa mâchoire carrée et bronzée, ses cheveux châtain clair flottant sur le front, et son tee-shirt blanc tout simple sous son pull noir en V, on aurait dit qu'il allait partager une bière avec les surfeurs qui traînaient sur la terrasse du Georges.

Halley serra affectueusement le bras de son père :

— Merci p'pa. C'est vraiment cool de nous amener ici.

— Et merci à toi, m'man, roucoula Avalon avec insistance, en rajustant son caraco en soie bleu-vert.

Halley leva secrètement les yeux au ciel. Comme d'habitude, Avalon agissait comme si tout était dû à sa famille, alors que c'était le père de Halley qui avait des contacts avec le fondateur du restaurant. Après avoir produit une émission spéciale *Cuisine balnéaire* pour la chaîne de télé new-yorkaise Food Network,

Charles connaissait « le seul et unique Georges » qui avait donné son nom à l'enseigne. Halley adorait le côté branché et créatif de ses parents et elle se demanda soudain ce qu'ils pouvaient bien avoir en commun avec ceux d'Avalon… tous deux avocats.

— Par ici, mesdames. Le reste de votre tablée est déjà installé.

Un serveur aux cheveux décolorés et portant deux clous d'oreille en perles turquoise leur indiqua l'autre partie du patio.

Halley se plaça entre son père et Tyler à une grande table depuis laquelle on pouvait admirer les falaises en contrebas. Heureusement, sa mère et les parents d'Avalon la séparaient d'elle et de sa sœur Courtney.

— J'adooore ces bottines noires à boutons, glissa le serveur à Halley, en reculant son fauteuil en osier agrémenté d'un coussin blanc pour qu'elle puisse s'asseoir.

— Du Halley tout craché, version grand deuil, observa Avalon en s'asseyant en face d'elle. Mais on enterre qui au juste ?

— Les quatre-vingt-dix pour cent qui manquent à ta jupe, répliqua Halley en désignant sa mini ultracourte en daim marron. J'imagine que c'est ce qui arrive quand on copie le style des filles qui doivent s'entraîner pour épeler le mot « lions ».

Avalon afficha son sourire le plus épanoui, le plus faux et le plus « pom-pomesque ». Les autres convives échangèrent des regards abasourdis.

Outre le fait de devoir supporter la beauté superficielle et la mine faussement enjouée d'Avalon, assise de l'autre côté de la table, Halley avait l'impression de faire partie d'un groupe de VIP un peu snobs, tandis qu'elle s'imprégnait de l'atmosphère ambiante. Chacun exhibait son bronzage en sirotant son cocktail, tandis que les vagues de l'océan bleu profond déferlaient au loin et que soufflait une légère brise. Halley regrettait de ne pas avoir pris un appareil pour immortaliser l'incroyable orange violacé du ciel, dont les nuances s'accentuaient à mesure que le soleil descendait vers le Pacifique. Elle imaginait déjà le dessin qu'elle ferait à son retour.

Le serveur réapparut avec plusieurs assiettes :

— Pour commencer, voici nos mises en bouche.

Il décrivit alors le calmar et ses déclinaisons : cuit au four, frit, à la vapeur ou grillé… puis passa au plat d'huîtres. Vinrent ensuite les champignons farcis, les salades d'endives et de betteraves rouges.

— Si vous avez la moindre question, mon nom est Steven.

Les parents le remercièrent et commencèrent à grignoter les diverses entrées. Courtney et Tyler discutèrent de la meilleure manière de préparer les calmars, à savoir grillés ou frits.

— Tu peux me passer le sel, s'il te plaît… Le S-E-L ? épela Halley, comme elle prenait de la salade de betteraves rouges.

Avalon lui décocha un regard furieux et balança la salière dans sa direction.

Halley fit le « V » de la victoire façon pom-pom girl, après l'avoir récupérée.

— Tes bras ne sont pas assez tendus, rétorqua Avalon en feignant l'intérêt. Mais je note l'effort. Peut-être que notre équipe aura besoin de postulantes l'an prochain, qui sait ?

Halley réagit en avalant goulûment une huître dans sa coquille – slurp –, alors qu'elle savait combien c'était mal élevé.

— Grandis un peu, je t'en prie, marmonna Avalon dans son coin.

— Mieux vaut grandir que s'épaissir à certains endroits, pas vrai ? ricana Halley, fielleuse, tandis qu'Avalon, gênée, resserrait son étole en soie rose fluo sur sa poitrine.

Les Greene et les Brandon échangèrent de nouveaux regards déconcertés.

— Qu'est-ce qui vous arrive à toutes les deux ? s'enquit Abigail, en buvant une gorgée de chardonnay.

— Pourquoi ne pas lui demander à elle ? répondit Halley en désignant Avalon du menton.

Elle était curieuse de voir comment Avalon allait s'en tirer pour fournir une explication.

— Avalon ? dit Constance en regardant sa fille, tandis qu'elle s'enveloppait les épaules dans le blazer marine de son mari.

Elle avait déjà demandé à deux serveurs d'allumer les lampadaires chauffants, mais tremblait encore dans sa robe à bretelles en mousseline orange.

— Je ne sais pas trop quoi vous dire, déclara Avalon d'un air innocent, en poussant de côté le reste de sa salade.

— Allez, Avalon, dis-leur ! S'il te plaît, s'il te plaît ! insista Halley, en faisant mine de pleurnicher. Je suis sûre que tout le monde meurt d'envie de savoir ce que t'as prévu pour fêter notre amitié. Allez, dis-nous tout, je t'en priiie !

— Après les amuse-gueule, une petite soupe à la grimace ? marmonna Tyler.

— Tout se passe bien ? demanda le serveur aux cheveux décolorés en surgissant derrière Courtney.

Personne ne répondit.

— OK, alors je vais apporter la suite…

— Eh bien, quoi qu'il en soit, reprit Abigail, une fois Steven parti, tout sera oublié d'ici demain.

— Les inséparables finissent toujours par se rabibocher, se moqua Tyler.

Halley secoua la tête, puis fixa son assiette. Pas question pour elle d'oublier tout ce qu'Avalon avait déclaré sur ses vêtements, sur Sofee, sur Wade… sans parler du fait qu'elle voulait tout contrôler, en lui imposant tel ou tel endroit dans la cour du collège, ou encore un droit de visite pour sa petite chienne !

Courtney gloussa :

— Tu crois, Tyler ? J'imagine déjà la couv' du magazine *People* : « Hal-Valon, la rupture ! »

Avant que Halley puisse réagir, leur serveur revint avec les plats suivants et entreprit d'en présenter chaque ingrédient avec un luxe de détails incroyable.

Dès qu'il s'en alla, Charles prit la parole, tentant vainement d'arranger la situation.

— Vous vous souvenez quand vous faisiez des châteaux de sable, là en bas, sur la plage ?

— Je me souviens surtout qu'elle shootait dans mes pâtés pour me balancer du sable en pleine figure, bougonna Halley.

— C'est parce qu'elle les faisait toujours trop près du bord, si bien que la marée les détruisait avant qu'on ait terminé, rétorqua Avalon.

Charles s'éclaircit la voix. Les Mam's se dévisagèrent. Avalon planta une fourchette rageuse dans son filet mignon. Halley aurait volontiers lancé une poignée de ses brocolis sur cette pimbêche blonde assise de l'autre côté de la table.

— Bon, j'ignore ce qui se passe, mais ne comptez pas sur nous pour prendre parti, intervint Abigail en regardant d'abord Halley puis Avalon.

— Entièrement d'accord, approuva Constance. Et nous n'irons nulle part tant que vous n'aurez pas résolu le problème.

— Oh, alors on va passer la soirée chez Georges ? ricana Halley.

Ça ne la dérangeait pas. La terrasse avec vue sur l'océan était splendide. Elle en profiterait pour balancer Avalon à la mer, une bonne fois pour toutes.

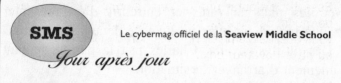

SMS — Le cybermag officiel de la **Seaview Middle School**

Jour après jour

VIE SCOLAIRE SANTÉ SPORT LOISIRS CONCOURS

Stop à la routine !
par la Fashion Blogueuse numéro 2

Posté le vendredi 12/9 à 7 h 19

Salut les jeunes ! Je crois qu'il est temps qu'on discute d'une tendance franchement pénible que j'ai remarquée depuis la rentrée. Plus précisément, j'ai l'impression que certaines d'entre vous avez carrément peur d'essayer un truc nouveau, alors vous retombez dans l'éternel style classique et sans risque... autrement dit, totalement rasoir. Vous pouvez bien sûr porter une tenue de saison, mais si vous n'arrivez pas à vous renouveler... vous vous retrouvez dans l'impasse. Pas de panique ! Inutile de jeter toutes vos fringues à la poubelle... il suffit de procéder à deux ou trois « raccords »... Par exemple :

Impasse n° 1 : l'indigestion de jacquard à losanges
Le style BCBG, ça peut être sympa, mais trop, c'est trop ! Et ça laaasse (bâillement).
Solution : faites un mix.

Essayez d'ajouter une grosse ceinture en métal, un bermuda de couleur vive ou des baskets fluo… et vous passez d'emblée du style conservateur classique au style novateur chic.

Impasse n° 2 : les pieds nus

Désolée pour toutes celles qui ne peuvent pas s'empêcher d'exhiber la *french* manucure de leurs orteils, mais c'est pas parce qu'on vit en Californie du Sud qu'on doit traîner en tongs et en sandales du 1er janvier au 31 décembre.

Solution : les bottes.

Santiags, boots de rockeuse, bottines à boutons, bottes cavalières… peu importe, c'est le ticket gagnant qui donnera toujours un coup de jeune à un look qui sinon passerait pour ringard.

Impasse n° 3 : la tenue trop moulante et/ou trop voyante

Je sais bien qu'une certaine blogueuse vous conseille de mettre en valeur vos atouts… Mais pourquoi porter la taille de l'an passé sur le corps de cette année ?

Solution : la tenue seyante.

Lancez-vous, essayez un truc qui souligne (et non pas qui boudine) votre silhouette, sans vous mettre (vous et vos camarades) mal à l'aise.

Un dernier tuyau ? Arrêtez de suivre la mode comme un toutou. Une vraie fashionista ose se distinguer et mélanger les styles.

Soyez glamour avec humour,

Halley Brandon

COMMENTAIRES (194)

Yeaaah ! À fond avec toi sur c'ki moule trop... fo garder une part de mystère. Pis t'as raison, les boots, c'est rock'n roll...: com toi. Vas-y, montre-nous ton côté rebelle !
Posté par rockgirl le 12/9 à 7 h 30.

Quand ça moule, C pas cool, alors ? J'avais cru le contraire en lisant l'aut' blog. Keskispass entre Avalon et toi, d'abord ?
Posté par langue_de_VIP le 12/9 à 7 h 42.

Bravo pr les bottes ! J'adore T santiags violettes. Tu me les prêtes ?
Posté par primadonna le 12/9 à 7 h 57.

Le style BCBG, ça lasse ? Ben non, C classe ! Pas com toi... Posté par blonde_intello le 12/8 à 8 h 37.

Cheese !

Un peu plus à gauche... Wade, regarde vers moi... Fais-moi ton sourire le plus sensuel... Sois sexy avec l'objectif...

Tandis qu'elle sortait du cours de gym pour rejoindre la salle de musique, Halley révisait dans sa tête les indications que pouvait donner un photographe de métier à son modèle. Vingt-quatre heures à peine s'étaient écoulées depuis qu'elle avait quitté la répétition, mais elle avait l'impression de ne pas avoir vu Wade depuis une éternité. À présent, elle allait enfin le revoir... et le photographier – donc l'admirer sous tous les angles.

Même si la raison « officielle » pour cette séance de *shooting*, c'était de prendre une photo qui l'inspirerait pour dessiner le *flyer*, deux ou trois clichés de plus du chanteur principal, ça ne pouvait pas faire de mal, après tout...

— Qui est prêt pour son gros plan ? lança-t-elle, debout à l'entrée de la salle de répétition.

Comme elle ramenait une mèche de cheveux bruns derrière son oreille, Sofee et Mason pivotèrent sur leurs sièges en forme de notes de musique et lui décochèrent un sourire.

— Dehors, la lumière est parfaite, enchaîna-t-elle, en espérant que Wade lève le nez de la partition qu'il étudiait. Le soleil de fin de journée est très flatteur.

Wade se retourna enfin et se mit debout. Dans sa chemisette Dickies et son jean noir, avec sa minicrête d'Iroquois, plus adorable que jamais, il avait à l'évidence fait un effort pour avoir le look rock star.

Mais c'était juste pour les photos… ou aussi pour Halley ? Il la fixa comme si elle était la seule personne dans la pièce.

— Super…

Il voulait dire que c'était une bonne idée ? Ou bien c'était le seul mot qui lui était venu à l'esprit en la voyant ?

Halley conduisit le groupe au jardin de la Sérénité, où une petite cascade coulait le long d'une sculpture en granit et passait sous une statue de Bouddha. Un saule pleureur abritait un banc de pierre et un bassin où nageaient des poissons exotiques. Elle avait l'habitude de venir y boire un milk-shake ou d'y déjeuner en compagnie d'Avalon. Désormais, Halley avait décidé de se créer un nouveau souvenir, encore plus beau : le jour où Wade tomba amoureux d'elle.

— OK, les gars, on commence par un cliché devant la cascade.

Elle dirigea les musiciens et leur fit prendre toute une série de poses. D'abord rassemblés autour de

Bouddha. Puis en train de faire les fous sur le banc, sous le saule pleureur. Une autre avec les garçons assis au bord du plan d'eau, et Sofee allongée sur leurs genoux. Et une bonne cinquantaine d'images de Wade. Ses yeux. Ses lèvres. Ses épaules. Elle ne pouvait s'empêcher de zoomer sur lui avec son appareil numérique.

— Bon ! On peut voir ? demanda Sofee en tendant la main.

— Hmm…, hésita Halley.

Une ribambelle de gros plans de Wade, ça risquait de ne pas faire très pro.

— Je vous enverrai les plus réussies d'ici un jour ou deux, précisa-t-elle. De toute manière, on ne voit pas grand-chose sur l'écran de contrôle. Et puis… vous savez que je suis meilleure en dessin qu'en photo. Ces prises de vue m'aident seulement à produire une illustration fidèle à la réalité… OK ?

— Y a pas de souci, répondit Wade en souriant, la main posée sur le dossier du banc.

Halley sourit à belles dents.

— Peut-être que tu devrais venir prendre quelques clichés à notre spectacle de ce week-end, juste pour t'assurer d'avoir suffisamment de bonnes prises ? s'empressa de suggérer Mason en lançant un caillou dans le bassin sur un poisson orangé.

Wade baissa la tête :

— Je ne crois pas que ce soit une très bonne idée.

— Oh, allez…, lui dit Sofee en le poussant gentiment du coude. Fais pas ton timide.

— Ouais, c'est moi, d'habitude, intervint Evan en chassant une mèche de cheveux bouclés qui lui masquait les yeux.

Déconcertée, Halley les dévisagea à tour de rôle. Mais de quoi parlaient-ils ? Le spectacle mentionné sur le *flyer* n'était pas prévu avant le mois prochain.

— Dimanche, on assure l'animation exclusive d'une super fête d'anniv', finit par expliquer Sofee.

Elle fit glisser son épais bracelet de cuir noir clouté d'étoiles sur son mince poignet.

— Tu devrais venir.

Une fête avec Wade ? Peut-être qu'ils auraient même la chance de se retrouver en tête à tête ?

— Ça m'a l'air génial, dit Halley.

— Cool, dit Sofee. Bon, alors Halley et moi, on doit filer maintenant.

Ah bon ? se dit Halley. *Déjà ?*

— Bye, dit Evan en ramassant un caillou pour le lancer à son tour dans le bassin.

Les deux autres garçons l'imitèrent, et les cailloux se mirent bientôt à pleuvoir sur le plan d'eau.

— Tâchez de ne pas tuer tous les poissons, ajouta Sofee avant de prendre par le bras Halley, qui éclata de rire et jeta un dernier regard sur leurs copains, en croisant celui de Wade.

— À dimanche, alors ? demanda-t-il.

— Ouais, on y sera ! lança Sofee en ramassant sa sacoche militaire.

Halley glissa l'appareil photo dans sa besace, tout en essayant de dissimuler le sourire radieux qui s'étalait sur son visage. Elle allait donc à coup sûr le revoir dimanche. Et elle espérait qu'il la verrait sous un tout nouveau jour.

Coups de cœur et coups de griffe
par la Fashion Blogueuse numéro 1

Posté le samedi 13 sept. à 7 h 32

Bon, la première semaine de collège est terminée et je sais que vous mourez toutes d'envie de lire mon compte rendu *fashion* ! Alors, je vous livre sans plus attendre les résultats de mon petit jeu préféré et vous allez savoir qui a mérité un top, un beurk ou un limite.
On va encore dire que je sors mes griffes (et pas seulement celles de ma garde-robe !), mais faut bien avouer que ma coblogueuse remporte le super-beurk de la semaine pour ses chaussures. OK, ses tenues étaient plutôt bien inspirées par moments, mais ses bottines et/ou ses santiags ont tout gâché. Quant au cas limite, je dois encourager Margie Herring qui a fait le plus d'efforts. J'ai absolument rien contre les friperies (à condition de donner les vêtements au pressing avant de les porter… OK, Olive ?). La prochaine fois, tâche d'aller direct au rayon femmes, et t'auras plus de chances de ressembler à

Kelly Osbourne… plutôt qu'à son frangin ! Un pantalon d'homme sur une fille, ça craint un max.

Et pour finir… le top de la semaine (pour ne pas dire de l'année) est décerné à… (roulements de tambours, s'il vous plaît)… une prof ? Eh oui, chères lectrices ! À elle seule, c'est une véritable icône de la mode à laquelle on aimerait toutes ressembler. Alors, chapeau bas, mademoiselle Frey ! Dans cet adorable pantalon large style gaucho ou cette sublime robe fourreau jacquard (Diane von Furstenberg, non ?), vous méritez un tonnerre d'applaudissements, car votre look crève le plafond de l'hyper top !

C'est tout pour aujourd'hui, les filles. Passez un super week-end !

Bon shopping,

Avalon Greene

COMMENTAIRES (201)

Aaargh ! C vraiment la rupture entre les Fashion Blogueuses, alors ? Sinon, j'suis à fond avec toi sur les bottines ! Biz@toi…
Posté par radio-potins le 13/9 à 7 h 51.

Pr quelqu'1 qu'aim pas les bottes, ça t'gêne pas trop d'lécher celles de la prof ? LA-MEN-TA-BLE !
Posté par miss Toulemonde le 13/9 à 8 h 03.

Waow, la honte ! Chuis pas dans les top de la semaine ! Tu parles… com si les gens tenaient compte de ton avis…
Posté par grenouille_de_labo le 13/9 à 8 h 17.

O lieu d'parler D futs d'homs qui vont pas aux nanas… si tu donnais D conseils mode pr les mecs ds ton blog, ça ferait pas d'mal à certains mâles du bahut. On en a bsoin ossi.
Posté par skateboy le 13/9 à 9 h 49.

J'en connais une ki met pas d'gants pr vaincre son (ex ?) copine par KO. Ptêt que Mark pourrait en parler ds son blog sport !
Posté par princesse_rebelle le 13/9 à 9 h 53.

Devine qui vient dîner ce soir

— Mais on vient juste de dîner avec eux ! gémit Avalon en tirant sur le cordon de son pyjashort favori en coton bleu.

Une jambe repliée sous les fesses, elle se tenait assise sur une chaise en chêne patiné à l'ancienne, dans le coin cuisine des Greene, et se plaignait du fait que sa mère ait décidé d'organiser un barbecue en fin de journée avec les Brandon. Un stratagème évident pour forcer Halley et Avalon à se réconcilier, du genre « un bisou, on oublie tout ». Et puis quoi encore ? La thérapie de couple ? La cure de désintox pour redevenir les meilleures amies du monde ?

— Avalon, nous te l'avons dit l'autre soir. Vous avez tout à fait le droit de vous disputer, les filles, mais ça ne nous empêchera pas de passer du temps en compagnie des Brandon, déclara Constance, comme si elle s'adressait à un témoin hostile.

La mère d'Avalon agissait toujours ainsi pour obtenir ce qu'elle voulait de ses filles, de son mari, et même des accusés qu'elle poursuivait au tribunal...

119

qu'il s'agisse d'un comportement exemplaire, d'un pendentif en diamants ou d'une peine d'emprisonnement allant de vingt ans à la perpétuité.

Agacée par ce dîner imposé par la famille, Avalon se rendait bien compte que pour l'emporter sur Constance Greene, procureur adjoint – et pouvoir aussi organiser sa soirée sans Halley –, elle devait arrêter de laisser sa mère se mêler de sa vie et commencer par trouver des excuses béton pour éviter le barbecue avec les Brandon.

— Le hic, c'est que j'ai déjà des projets d'entraînement avec Brianna, reprit-elle en posant son gobelet en cristal plein de jus d'orange pressé près du mug « Papa le plus sympa » qu'elle avait fabriqué à l'âge de huit ans. Elle regarda par les baies vitrées, derrière son père et Courtney, qui parcouraient respectivement le courrier des lecteurs et la rubrique mode du *San Diego Union-Tribune*. Martin Greene haussait et baissait ses sourcils broussailleux, si bien qu'on aurait dit deux petites chenilles ondulant au-dessus de ses yeux noisette.

— Je pensais inviter Brianna à venir passer la nuit, ajouta Avalon.

— Eh bien, c'est parfait, conclut Constance, sourire aux lèvres, en posant la grille de sudoku qu'elle tentait de remplir, pour regarder sa fille dans les yeux. Brianna peut se joindre à nous. Plus on est de fous, plus on rit.

— Mais comment veux-tu qu'on s'entraîne si on dîne à côté ? insista Avalon.

Surtout en présence de Halley, la persécutrice en chef des pom-pom girls, ajouta-t-elle pour elle-même.

— Vous pourrez le faire après dîner, suggéra Constance, jamais à court d'esprit pratique, en prenant une gorgée d'expresso dans sa minuscule tasse blanche.

— Mais…, hésita Avalon, qui se pencha pour enlacer Pucci assise sur la chaise voisine comme si elle attendait d'être servie.

Avalon rapprocha son visage du sien, tenta de reproduire le regard aux grands yeux candides de la petite chienne.

— Mais quoi ? riposta Constance en secouant la tête.

Elle reposa soigneusement sa tasse sur son assiette vide et porta le tout dans l'évier en inox, ce qui concluait à la fois son repas et sa conversation avec sa fille.

Avalon offrit à Pucci la dernière bouchée de son bagel aux myrtilles. Comme sa mère s'affairait dans la cuisine dans sa tenue d'intérieur en velours crème et passait un chiffon sur les placards en bois clair et les plans de travail en granit noir déjà impeccables, Avalon tenta de s'imaginer Brianna et Halley ensemble au dîner. Ce serait horrible !

Puis elle se rendit compte que ça pourrait être marrant.

Dans l'après-midi, Brianna franchit l'élégante porte d'entrée en chêne de la demeure des Greene, un énorme bouquet d'arums en main. Avalon la serra fort dans ses bras… une étreinte qui signifiait à la fois « je suis ravie de te voir » et « merci de me sauver d'une soirée galère en famille ».

— J'ai donc un enchaînement à tester avec toi, dit Brianna en tricotant des sourcils, comme Avalon s'emparait des fleurs et la conduisait à la cuisine. On ne pourra pas te faire avoir un nouvel uniforme avant le premier match de la saison, ajouta-t-elle comme pour s'excuser. Je sais que ça paraît dingue, mais je suis quasi certaine que tu fais la même taille qu'Amy… celle qui a déménagé. Le seul problème, c'est que son pull a forcément ses initiales, mais on peut se débrouiller pour transformer son « AC » en « AG » ! Si tu portes sa tenue en attendant de recevoir la tienne, tu ne vas pas nous faire une crise, promis ?

Avalon réprima un frisson à l'idée d'enfiler les vêtements d'une fille qu'elle connaissait à peine… surtout une tenue d'athlète. C'était comme une sortie shopping en friperie qui virait au cauchemar.

— Bien sûr que non ! répliqua-t-elle de sa voix la plus enjouée en glissant les longues tiges d'arums dans un grand vase rectangulaire. Autant faire partie de l'équipe le plus tôt possible !

— C'est chic de ta part ! Tu prouves encore que t'es une pom-pom girl épatante ! s'enthousiasma Brianna.

Avalon n'en revenait pas qu'une personne âgée de moins de soixante-dix ans puisse encore dire « c'est chic » et « épatante », mais elle n'en laissa rien paraître. En fait, sa nouvelle vie de pom-pom girl lui tournait la tête au point qu'elle oubliait de devoir affronter Halley en sortant de chez elle.

Avalon franchit avec Brianna la grille qui séparait son jardin de celui de Halley. Le soleil se couchait, et les nuages rosés se reflétaient dans l'eau bleutée de la piscine.

— B'soir, tout le monde ! Je vous présente Brianna Cho, la capitaine de mon équipe, annonça-t-elle au clan Brandon.

Posté devant le gril, le père de Halley retournait des hamburgers de dinde bio.

Déjà attablé, Tyler fit un signe de la main.

Abigail sourit :

— Ravie de rencontrer une nouvelle amie d'Avalon.

Halley ne chercha même pas à masquer sa surprise.

Un point pour Avalon !

— Salut, Halley. Comment ça se passe en gym ? s'enquit Brianna gentiment.

Fidèle à son nouveau look de rockeuse mi-chic mi-crado, Halley portait un tee-shirt du groupe Crowded House, piqué dans le placard de sa mère, et un short tout fripé, découpé dans un vieux jean. L'horreur !

— C'est l'équipe la plus tonique qu'on ait jamais eue depuis qu'elle est allégée, répondit-elle en fixant la poitrine d'Avalon.

Les filles s'installèrent à une table du patio. Abigail rentra dans la cuisine pour aider Constance et Courtney à préparer les salades et les accompagnements. Tyler se retrancha vers le barbecue, où Martin avait rejoint Charles.

Tandis qu'Avalon dressait mentalement la liste des avantages d'être l'amie de Brianna (en commençant par son adorable débardeur rouge, son pantalon multi-poches en toile kaki et ses ballerines dorées) et les inconvénients d'avoir Halley comme copine (en commençant par la tenue d'aujourd'hui), Halley posa une question impensable :

— Et ton équipe de cette année, Brianna ?

— Fabuleuse, surtout grâce à…

— Tu vas voir à quel point c'est super, interrompit Avalon.

Elle avait enfin l'occasion de montrer à son ex-meilleure amie combien la vie sans elle se révélait géniale.

Le visage de Halley s'assombrit. Avalon saisit la main de Brianna et l'entraîna vers la pelouse avoisinant la piscine, prête à attaquer la version sanglante d'« On est les meilleures ! ».

— T'es prête ? OK ! lança Brianna.

Les filles exécutèrent la totalité de l'enchaînement en scandant chaque note, avant de finir par un flip arrière inattendu.

Les parents s'étaient rassemblés pour regarder et ils acclamèrent la prestation. Tyler leva deux pouces avec enthousiasme. Sur la terrasse, Courtney se fendit même d'un sourire et d'un hochement de tête admiratif.

Avalon décocha un regard à Halley, juste au moment où celle-ci faisait mine de vomir par-dessus sa chaise. Parfait, Avalon n'en souhaitait pas davantage. Elle l'avait publiquement rendue malade et elle se moquait de savoir si c'était de jalousie ou de dégoût.

VIE SCOLAIRE SANTÉ SPORT LOISIRS CONCOURS

Prêt-à-danser
par la Fashion Blogueuse numéro 2

Posté le dimanche 14 sept. à 7 h 57

Salut, tout le monde ! C'est le week-end, donc vous savez que c'est le moment d'oublier la semaine et de faire la fête ! Bien sûr, comme chaque fois que vous feuilletez votre agenda bourré d'invitations, l'angoisse vous noue la gorge et vous vous demandez ce que vous allez bien pouvoir porter à toutes ces soirées géniales.
Eh bien ! Sachez que deux choix s'offrent à vous :
— vous mettez le paquet, vous la jouez grande classe, genre madone des défilés et foldingue de la fringue… talons hauts, cuir et daim, matières nobles, collier de perles et foulard imprimé chic, la totale, quoi !
— ou bien vous donnez dans le classique avec une touche fun… couleurs neutres (noir, blanc, beige) et matières simples (jean, coton, lin) et vous épatez la galerie avec quelques strass, des chaussures à paillettes, ou encore des accessoires fluo, histoire de ne

pas vous noyer dans le décor (rappelez-vous : pour devenir fabuleuse, ne soyez pas ennuyeuse).
Allez-y à fond dans un style comme dans l'autre et vous serez la reine du bal…

Soyez glamour avec humour,

Halley Brandon

COMMENTAIRES (193)

RenD-nous la Fashion Blogueuse n° 1 ! Ton blog m'a tellemt saoulée ke j'me suis endormie. Zzzzz.
Posté par sexygirl le 14/9 à 8 h 32.

L'une ou l'autre sont plus sexy que toi, en tt cas ! Ptêt que C leur look d'enfer qui te met KO ! Moi, j'préfère la Fashion Blogueuse n° 2 et ses conseils sont Gniaux. Merci.
Posté par rockgirl le 14/9 à 9 h 21.

Trop klass, la rubrik. Moa, j'kiffe le look madone D Dfilés ! Ça va Dchirer sur la piste, FB n° 2 !
Posté par fashionDiva le 14/9 à 9 h 59.

FB1 est + chic, mais FB2 est + choc. J'm bien les 2 !
Posté par primadonna le 14/9 à 10 h 30.

Le petit monde de Wade

*H*alley n'en croyait pas ses yeux ni ses oreilles. Elle se retrouvait là, dans l'arrière-cour de Wade Houston, avec ce garçon qui l'avait fait fantasmer toute la semaine, en train de chanter à tue-tête sous une grande tente de jardin. Elle s'était creusé la tête pour savoir ce qu'elle allait porter. À la fin, elle avait opté pour un look délire mais passe-partout – minijupe en jean gris, grosse ceinture blanche, débardeur noir et sandales compensées argent –, ce qui se révéla la tenue idéale pour la super fête d'anniv' exclusive… du petit frère de Wade : Johnny, quatre ans.

Elle avait l'impression que le cadet des Houston avait invité tous les gamins de la ville. Sa famille devait se lier facilement. Johnny avait le visage carré, accentué par ses cheveux châtain clair coupés en brosse, et des dents en avant. Halley se dit que Bob l'Éponge aurait pu servir de thème au goûter d'anniversaire, compte tenu du look du petit Johnny, et elle se demanda si Wade et lui étaient réellement frères. Wade ne ressemblait pas non plus à ses parents, de vrais posters hippies ambulants en provenance directe de San Francisco, avec leurs longs cheveux raides, leurs petites lunettes rondes et leurs tenues baba cool.

— T'es zolie ! hurla une voix quelque part autour de la taille de Halley.

Elle baissa la tête et découvrit une bouille ronde couverte de taches de rousseur, une tignasse poil-de-carotte et un polo à rayures vertes.

— Euh… merci, dit Halley en souriant à son fan modèle réduit. Et toi, t'es drôlement beau aussi.

Halley essaya de ne pas rire du petit bonhomme qui lui rappelait un des trois triplés qu'Avalon et elle avaient l'habitude de garder quand leurs parents sortaient (même si elle n'arrivait jamais à différencier les trois garçons : Mark, Maton et Morris). L'espace d'un instant, elle eut envie d'appeler Avalon pour lui dire où elle était et ce qu'elle faisait, mais elle se souvint avec un pincement au cœur qu'Avalon se désintéressait totalement des Dead Romeos… et d'elle, d'ailleurs.

— Comment tu t'appelles ? s'enquit-elle auprès du gamin, de la voix chantante qu'elle réservait aux tout-petits.

— Donovan ! répliqua le gosse. Tu veux danser avec moi ?

— Bien sûr ! répondit-elle, comme Donovan l'entraînait vers les Dead Romeos en plein délire.

Tout le groupe s'était déguisé en Wiggles[1], chaque membre ayant revêtu un pantalon noir et un tee-shirt

---

1. Groupe de chanteurs australiens très populaire dans les pays anglo-saxons, spécialisé dans les chansons pour enfants et souvent

de couleur vive à manches longues. Wade incarnait le Wiggle jaune, Sofee le rouge, Evan le violet et Mason le bleu. Quelqu'un avait enfilé le costume de Wags le Chien et bondissait parmi les musiciens, pendant que tout le monde braillait : « Tut-tut, teuf-teuf, j'ai une belle voiture rouge ! »

Halley tournoya gaiement avec Donovan. Après tout, elle passerait sans doute beaucoup de temps avec les petits camarades de Johnny quand Wade et elle formeraient officiellement un couple. À la fin de la chanson, en nage et à bout de souffle, Halley annonça à Donovan qu'elle avait soif.

— Y a du jus de fruits là-bas ! s'écria-t-il en désignant trois longues tables recouvertes de papier crépon, à l'autre bout du jardin.

— Cool.

Sourire aux lèvres, Halley se fraya un chemin dans un océan de bambins, au milieu des petites voitures, des ballons de plage et des bacs à sable en forme de bateau. Parmi la multitude de friandises destinées à la maternelle se trouvaient plusieurs saladiers remplis de briques de jus de fruits.

Halley prit du jus de pomme et une poignée de M & M's, puis rejoignit la minitable en plastique rouge pour regarder la suite du récital des Wiggles. En

---

accompagné d'un chien, d'un dinosaure, d'une pieuvre et d'un gentil pirate. (N.d.T.)

fait, elle avait l'intention d'observer la maison de Wade dans ses moindres détails.

Elle l'imaginait en train de lire le magazine *Rolling Stone* dans le vieux hamac bleu tendu entre deux chênes... Gratter tranquillement une guitare acoustique, assis sous la véranda de la demeure grise de style cabanon.... Longer les trois pâtés de maisons pour gagner la plage. D'ici peu, pensa-t-elle, il cueillerait les roses jaunes qui poussaient le long de la clôture du jardin pour les lui offrir.

— Hé ! lança Sofee, qui apparut en sautillant.

Halley revint sur terre. Elle n'avait même pas remarqué que la musique live était remplacée par un CD de chansons des Backyardigans[1]. Même déguisée en Wiggle, avec les cheveux entortillés en macarons façon princesse Leia, Sofee avait un look d'enfer.

— Ça va, pas trop dur ? ajouta-t-elle.

— C'est plutôt rigolo, dit Halley, sourire aux lèvres, avant d'avaler une dernière poignée de M & M's et de se lever. Le petit frère de Wade est adorable.

— Et le jus de fruits, ça donne quoi ? demanda Sofee en lorgnant la petite brique verte dans la main de Halley. J'ai entendu dire que le jus de pomme était la spécialité de cette marque.

— Un délice... et tellement rafraîchissant !

---

1. Célèbres personnages animés en trois dimensions destinés aux jeunes enfants, et dont les aventures seront bientôt diffusées en France sur la chaîne Nickelodeon. (N.d.T.)

— Bon, on ne va pas tarder à remballer et à s'en aller. Tu veux bien nous donner un coup de main ?

— Bien sûr, accepta Halley en suivant Sofee vers la tente où Wade et les garçons rangeaient leur matériel.

— Hé, t'as pris de bons clichés ? ironisa Mason. Le bleu, c'est ma couleur, moi je dis !

— Ouais ! répondit Halley, radieuse. J'en reviens pas que vous m'ayez autorisée à venir avec mon appareil photo.

— On n'a aucune honte ! s'écria Mason en faisant mine de taper sur une batterie imaginaire et en remuant la tête comme un fou, les cheveux lui fouettant le visage.

Evan grimaça un sourire et regarda Halley en roulant des yeux, l'air un peu gêné, puis il s'accroupit pour glisser sa guitare basse dans un étui noir.

— Tu veux bien récupérer un de ces amplis ? demanda Sofee à Halley.

— Pas de problème.

Halley alla chercher l'enceinte noir et argent, l'entoura avec le fil de sa prise électrique, puis se mit à marcher en direction de Wade, qui la fixait de ses yeux sombres et hypnotiques. Même déguisé en Wiggle, c'était le plus beau garçon qu'elle ait jamais vu, et le fait qu'il n'ait pas peur de se ridiculiser pour amuser son petit frère le rendait encore plus attachant.

Comme Halley s'approchait de lui, le fil de la prise se déroula et elle se prit les pieds dedans, lâchant l'ampli qui dégringola avec fracas sur le béton.

— Oups ! Quelle imbécile... je suis désolée !

Halley porta son regard sur le baffle, d'une part pour s'assurer qu'elle ne l'avait pas abîmé, d'autre part pour éviter que Wade n'aperçoive les larmes qui commençaient à lui picoter les yeux. Comment avait-elle pu se montrer aussi maladroite devant lui ?

— T'inquiète pas, dit Wade avec un petit sourire, en posant gentiment la main sur l'épaule nue de Halley. T'as rien cassé. Sofee et toi, vous devriez peut-être nous attendre dans la maison ou…

Au contact de la paume de Wade sur sa peau, Halley éprouva une sensation de chaleur plus intense qu'un coup de soleil.

— Exact… euh, allons-y, approuva Sofee en lui faisant signe de la suivre.

Elles passèrent alors devant un dinosaure tristounet qu'un gamin avait abandonné devant la tente des festivités.

Halley tressaillit en se disant qu'elle ressemblait malgré elle à cette peluche solitaire. Elle marchait d'un pas lourd aux côtés de Sofee pour rejoindre la demeure des Houston, en se demandant ce qu'elle faisait là, au milieu de ces gens qu'elle connaissait à peine.

Sofee était géniale, et Wade la perfection incarnée. Mais à qui pourrait-elle confier qu'elle avait eu la honte de sa vie, quand précisément l'anecdote impliquait ces deux personnes ? Où était celle qui saurait trouver les mots pour lui parler ? Même dans leurs pires moments, nul ne comprenait Halley mieux qu'Avalon. Sans elle, Halley n'était-elle pas un peu perdue ?

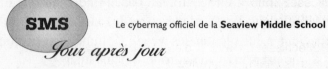
VIE SCOLAIRE SANTÉ SPORT LOISIRS CONCOURS

Halte aux vilaines dégaines du week-end !
par la Fashion Blogueuse numéro 1

Posté le lundi 15 sept. à 7 h 11

J'ignore si ces deux derniers jours peuvent servir de référence, mais j'en connais certaines qui profitent du week-end pour s'habiller non seulement en décontracté, mais carrément en négligé. Sachez que vous pouvez adopter une tenue cool et confortable, sans pour autant avoir l'air d'une pauvresse qui fait la manche sur la plage. La garde-robe d'une fashionista qui se respecte ne prend jamais de vacances, et vous devez toujours vous efforcer d'être au top côté look… surtout que vous risquez de croiser quelqu'un que vous voulez épater.
Pour être certaine d'avoir dorénavant des samedis-dimanches qui décoiffent, retenez ces initiales : P-R-A-D-A.

Pomponnez-vous. N'allez pas croire que l'hygiène perso est en option le week-end, OK ? Prenez une douche, brossez-vous les cheveux et, pour l'amour du ciel, n'oubliez pas la manu-pédicure !

Réfléchissez… avant d'enfiler ce qui vous tombe sous la main, et scrutez le moindre détail dans le miroir… Sinon je vous envoie direct chez l'ophtalmo !

Accessoirisez. C'est pas plus compliqué que ça : complétez votre tenue par un bracelet ou un collier… ou faites au moins semblant d'essayer.

Dominez la situation. N'ayez pas peur d'être trop habillée. Dans ce cas-là, mieux vaut trop que *pas assez.*

Alternez les looks. Le recyclage, c'est bon pour les bouteilles en plastique et les boîtes de conserve. Épargnez-nous votre vieux tee-shirt miteux et votre bermuda taillé vite fait dans un jean élimé. (On les connaît par cœur et on sature !)

Facile, non ? Je vous dis que si ! Passez une super semaine, les filles. Allez, encore un petit effort…

Bon shopping,

Avalon Greene

COMMENTAIRES (219)

Waow, ça fait du bien de lire ça ! Ras l'bol de voir D filles qu'ont l'air de SDF sous prétexte que C samedi… ou parce qu'elles ont la flemme pendt la semaine.
Posté par yazmeenie le 15/9 à 7 h 17.

T mortelle ! Ds le bon sens, bien sûr. J'adore FB1 !
Posté par langue_de_VIP le 15/9 à 7 h 31.

Bien vu & bien… senti ! J'me suis ré-ga-lée ! Fini le look krado le w-end !
Posté par look_d_enfer le 15/9 à 7 h 47.

OK, mais après l'entraînement ? Y en a ossi ki font du sport le w-end. Votez pr Mark !
Posté par princesse_rebelle le 15/9 à 7 h 58.

Pom-pom the volume

— *E*ssayez encore une fois ! aboya Sydney aux pom-pom girls, ses petits yeux violacés fixés sur Avalon.

À force de la voir glapir et agiter ses couettes blondes comme une folle, Avalon avait l'impression d'être en face du caniche de Barbie modèle géant… *Un caniche à pom-pom !* pensa-t-elle.

Halley l'aurait appréciée, celle-là. Dommage qu'elle n'ait plus le plaisir de l'entendre.

Avalon tâcha de garder son calme, tout en surveillant les autres filles du coin de l'œil.

— Euh… qu'est-ce qu'on a fait de travers, au juste ? demanda-t-elle à Sydney, en disant tout haut ce que le reste de l'équipe pensait tout bas.

Brianna n'était pas venue en cours aujourd'hui. Idem pour l'entraînement… Disparue de la circulation.

À l'évidence, Sydney en profitait pour jouer les cheftaines !

— Tout ! Vous avez tout faux ! répondit-elle en bondissant des tribunes pour reprendre de A à Z le nouvel enchaînement qu'Avalon avait mis au point avec Brianna samedi soir.

Cette fois, Sydney modifia certains mouvements et poussa à fond sa petite voix de crécelle, en braillant...

« Gare à vos avants ! Gare à vos arrières !
Nous sommes les Lions et nous ferons barrière !
Super cool mais super durs !
On vous bat à plates coutures !
L-I-O-N-S
On va vous botter les fesses !
Rugissez ! Rugissez ! Rugissez !
On marquera des buts !
Rugissez ! Rugissez ! Rugissez !
On gagnera la lutte !
Rugissez ! Rugissez ! Rugissez !
Z'en voulez encore ?
Rugissez ! Rugissez ! Rugissez !
Z'êtes pas déjà morts ? »

Avalon en resta bouche bée. Sydney n'améliorait rien du tout, hormis le fait que son numéro de cirque montrait son habileté à tendre tellement les bras et les jambes qu'ils risquaient de se briser net à tout moment. Quant aux mouvements de sa version perso, c'était comme porter des bottes avec un short, moche et totalement ringard.

Elle s'avança vers les tribunes et s'empara de sa deuxième boisson énergétique depuis le déjeuner.

Même si elle commençait à avoir des brûlures d'esto-mac, elle savait qu'elle aurait besoin de tous les sti-mulants possibles pour rester tonique avec le caniche à pom-pom qui ne la quittait pas des yeux. Au moment où Avalon reposait sa canette, Brianna arriva enfin.

— Salut tout le monde ! Désolée pour le retard, les filles, dit Brianna, la figure toute rouge, de la même nuance que son débardeur court Adidas, qu'elle avait assorti à ses leggings grises. Bon, alors, on en est où ?

Avant que quiconque puisse répondre, Sydney la rejoignit à grands pas et la prit à part, laissant Avalon cancaner dans son coin avec le reste de l'équipe. Tanya lui claqua aussitôt la main pour la remercier d'avoir tenu tête à Sydney.

— On est tellement meilleures qu'elle, lui glissa Andi en douce, juste au moment où Brianna et Sydney se séparaient.

Avalon tenta d'essuyer sa joue discrètement, pour faire disparaître les postillons d'Andi.

— OK, les filles ! s'écria Brianna, sourire aux lèvres, mais l'air un peu ailleurs. On se refait *Gare à vos avants !* et on se donne à fond !

La capitaine et son adjointe observèrent l'équipe effectuer l'enchaînement pour la quinzième fois de l'après-midi. Plus agacée que jamais, Sydney croisa les bras sur sa minuscule poitrine, mais Brianna accompagna un peu les filles en exécutant une partie des mouvements et hocha la tête avec enthousiasme, à mesure qu'elle redevenait elle-même.

— Super ! lança-t-elle quand elles eurent terminé. Maintenant, on recommence, mais on change deux ou trois petits trucs, regardez…

Brianna modifia l'enchaînement de la même manière que Sydney, en ajoutant un coup de pied avant-arrière et quelques pas de danse, ainsi qu'un saut latéral avec une jambe tendue, l'autre fléchie. Avalon n'en revenait pas : Brianna suivait les conseils de Sydney sur l'enchaînement qu'Avalon avait quasiment inventé.

— Tu sais, on s'entraîne depuis trois heures et demie de l'aprèm' et je crois qu'on a toutes bossé comme des dingues, intervint Avalon. Est-ce qu'on peut pas s'en tenir aux mouvements du début ?

L'air offusquée, Sydney tourna la tête en direction de Brianna, comme pour lui dire : « Comment ose-t-elle s'opposer à nous ? »

Brianna la gratifia d'un sourire radieux, mais répondit d'une voix ferme et posée :

— On essaie d'abord et on voit ce que ça donne.

Avalon écarquilla les yeux, mais se tut et obtempéra. Elle exécuta à merveille les mouvements revus et corrigés et conclut l'ensemble par un regard du style « prends-toi-ça-dans-les-dents » en direction de Sydney.

— OK, c'est du super boulot ! s'exclama Brianna à la fin de l'entraînement. Merci d'avoir si bien bossé, les filles, et merci à Sydney de m'avoir remplacée jusqu'à mon retour.

Avalon n'avait pourtant pas envie que la séance s'achève par des félicitations pour le caniche à pompom ; elle décida donc que le moment était idéal pour son annonce.

— Hé, les filles ! lança-t-elle à la cantonade, comme la plupart repartaient vers les tribunes. Avant de vous en aller, je voulais vous dire de jeter un œil sur vos e-mails. Je vous ai envoyé des invit' pour une soirée géniale, et j'espère que vous pourrez venir.

Plusieurs lui répondirent par un sourire, mais Sydney interrogea Brianna du regard.

— Attends deux secondes ! l'interpella Brianna.

— Y a un problème ? s'enquit Avalon, comme Brianna et elle s'éloignaient du terrain de foot, tandis qu'on entendait toujours les vagues du Pacifique en contrebas.

— C'est pas vraiment ta faute, reprit gentiment Brianna. Mais le fait est qu'il existe certaines règles dont je ne t'ai pas parlé… Ça n'a rien d'officiel, mais c'est un peu notre code de conduite.

— Ah oui ? dit Avalon en écrasant nerveusement sa canette vide entre le pouce et l'index.

— Ça, pour commencer, expliqua Brianna en lui prenant la boisson pour la lui coller sous le nez. J'ai remarqué que tu buvais beaucoup d'*energy drinks*. C'est formellement interdit.

Avalon crut rêver en l'entendant prononcer ce mot.

— On est vraiment contre toute forme de dopage pour se donner la pêche, continua la capitaine, le regard doux

141

et plein de sagesse, comme si elle avait fait cette leçon à un million d'autres pom-pom girls. Le but de la manœuvre, c'est d'être les meilleures sans artifice.

— Justement, je voulais m'assurer d'être au top, se défendit Avalon, comme elles marchaient sur l'allée de brique pour rejoindre le bâtiment principal.

— J'en suis certaine ! Mais j'insiste, pas de boisson énergétique… et c'est aussi valable pour les soirées. J'ai pas envie que les filles sortent la veille d'un grand match, sinon, on sera évidemment incapables d'offrir une super prestation au public.

— Mais ma soirée est prévue pour samedi… Alors, c'est OK, non ?

Incroyable ! Elle demandait la permission à Brianna !

— Oui, ça devrait aller, admit Brianna, laconique mais toujours sympa. C'est juste que je ne tiens pas à ce qu'on s'amuse trop, au point d'être crevées pour faire nos enchaînements.

— Oooh…, soupira Avalon à la manière d'un ballon qui se dégonfle.

— Bon ! conclut Brianna dans un sourire, tandis qu'elles entraient dans le vestiaire des filles. Alors, on est bien d'accord ?

— Oui, oui, acquiesça Avalon calmement.

— Génial ! s'enthousiasma la capitaine, en longeant le banc en bois, entre deux rangées de casiers.

— Génial…, répéta Avalon d'une voix sourde.

Car elle pensait tout le contraire.

VIE SCOLAIRE SANTÉ SPORT LOISIRS CONCOURS

Démarquez-vous !
par la Fashion Blogueuse numéro 2

Posté le mardi 16/9 à 7 h 11

Savoir s'habiller n'est pas si compliqué que ça. Bien sûr, vous préférez être à la pointe qu'à la traîne… Mais si vous collez trop au peloton de tête, vous finissez par devenir la reine de la copie conforme. (Je vous jure que si je vois encore une minijupe en stretch et un pull moulant, j'appelle un avocat pour clonage illicite en série !) C'est pourquoi je vous invite à suivre quatre règles simples pour vous affirmer avec un look un peu décalé, mais pas décalqué.

Imitez !
Un style vous branche ? Alors, copiez-le plus ou moins. (Pas d'affolement ! On n'en est qu'à la première étape.)

Changez un détail !
Une fois que vous avez le total look, enlevez un truc – les chaussures ou la ceinture, par exemple – et

143

remplacez-le par quelque chose d'un peu différent. Bravo ! Vous vous détachez déjà du lot.

Déplacez un accessoire !
Et si vous portiez ces super pendants d'oreilles en guise de broche, ou bien votre collier ou votre foulard à la place de votre ceinture ? Voilà, vous avez trouvé votre propre look maintenant, tout en restant méga tendance.

Inventez !
Le plat de résistance, à présent. Ajoutez un détail qui tue et/ou que vous avez confectionné vous-même : un bracelet fait maison ou un accessoire rare, déniché dans une friperie (ou dans le placard de maman).
Pigé ? Parfait. Alors, à vous de jouer maintenant !

Soyez glamour avec humour.

Halley Brandon

COMMENTAIRES (219)

Yeaaah ! Le coup du clonage, G a-do-ré. T'as raison de Dnoncer la clone attitude. Les duplicatas, C la cata au bahut.
Posté par rockgirl le 16/9 à 7 h 21.

Des boucles d'oreilles en guise de broche ? Y a des femmes de moins de 70 ans qui portent des broches ? Et le bracelet fait main ou un truc dégoté dans un

troc ? Aaargh ! Mais que fait la police ? C conseils
mode sont carrément criminels.
Posté par blonde_intello le 16/9 à 7 h 43.

Passez moins d'temps à vous pomponner, les filles,
et faites un truc constructif ! Votez pr la Playlist de
David !
Posté par l_esprit_de_jimmy le 16/9 à 7 h 56.

Blog d'enfer, com d'hab' ! Coucou à ta Mam (ou à sa
broche).
Posté par primadonna le 16/9 à 8 h 02.

Mots pour maux

Assise devant son iMac dans le pavillon réservé au journalisme, Halley se félicitait en silence de la rubrique qu'elle avait rédigée avant d'aller en cours et qui lui valait déjà une tonne de réactions de fans et à peine une poignée de commentaires négatifs… dont elle était certaine que 99 % provenaient d'Avalon. Halley avait décidé de se réfugier dans la salle de classe car, même si elle avait du mal à l'admettre, louvoyer entre les tables de la cantine représentait comme un défi – c'était le moins qu'on puisse dire – depuis qu'Avalon et elle ne déjeunaient plus ensemble. Elle tenta de traîner un peu avec deux ou trois filles de l'équipe de gym, mais Kimberleigh (alias miss Piggy) l'avait un peu dégoûtée quand elle s'était mise à montrer à trois élèves de sixième comment mastiquer la nourriture de manière plus énergique pour brûler douze calories de plus dans l'heure.

Halley en avait marre de ces questions qu'on lui posait… à savoir si elle ne fréquentait vraiment plus Avalon… et pourquoi. Sans parler des rires artificiels

146

qui fusaient dans les couloirs de la SMS chaque fois qu'Avalon et ses pom-pom clones s'y retrouvaient. Halley espérait pouvoir déjeuner avec Sofee et peut-être avec… Wade. Hélas, les Dead Romeos profitaient en général de l'heure du repas pour répéter dans la salle de musique, et elle ne voulait pas les suivre comme une groupie en mal de compagnie. De plus, même après l'incident gênant de l'ampli qu'elle avait fait tomber dimanche, Halley espérait encore plus ou moins que Wade vienne la chercher.

Elle continua à faire défiler la page des commentaires sur son écran, mais n'y prêta plus tellement attention. Elle préférait écouter *Chasing Cars* des Snow Patrol sur son iPod, tout en imaginant divers scénarios où Wade finirait par lui déclarer sa flamme. Tandis qu'elle se voyait douillettement installée au coin du feu avec lui, un rayon de lumière faillit l'aveugler. La porte s'ouvrit et elle leva la tête pour découvrir Avalon qui entrait dans la salle de classe.

— Je me trompe ou c'est la Fashion Blogueuse numéro 1… FB1 pour les intimes ? dit-elle en retirant ses écouteurs pour les poser sur le bureau.

Halley s'efforça d'avoir l'air sûre d'elle, tout en songeant qu'Avalon était devenue rien de plus qu'une lamentable pom-pom girl suiveuse de mode noyée dans la masse, avec sa minijupe en laine marron glacé et son minicardigan rouge à manches courtes.

Avalon ne dit rien. Elle s'installa simplement deux bureaux plus loin et leva ses doux yeux bruns qui ressemblaient étrangement à ceux de Pucci. Souris en main, elle fixa son regard sur l'écran de l'iMac devant elle tout en tripotant une mèche de ses cheveux blonds... signe caractéristique qu'un truc la perturbait. Du coup, Halley avait presque envie d'être sympa. Presque.

— Qu'est-ce que tu fabriques là ? s'enquit-elle d'un air un peu hautain, sans quitter des yeux son propre ordinateur.

— Je voulais juste m'avancer pour ma rubrique de demain, répondit Avalon du ton le plus agréable que Halley ait jamais entendu.

— Oh, super ! s'écria Halley de sa plus belle voix pom-pomesque. Tu vas encore te défouler sur mon incapacité à m'habiller classe pour un barbecue en famille ?

Avalon prit une profonde inspiration et se leva. Elle se dirigea vers l'avant de la salle et considéra le planning éditorial du cybermag scotché au tableau.

— C'est moi qui étais visée, pas vrai ? insista Halley. Tu sais, le passage où tu écris « Épargnez-nous votre vieux tee-shirt » ou je sais plus quoi ?

Avalon soupira et se retourna pour lui faire face, tout en restant au premier rang, derrière le bureau en chêne sombre de Mlle Frey.

— Un peu comme toi quand tu critiques mon allure de clone dans ton blog d'aujourd'hui ?

— T'es observatrice, répondit Halley, qui haussa les sourcils et pencha la tête de côté, tandis qu'Avalon continuait à tripoter sa mèche d'un air distrait.

Elle paraissait encore plus épuisée qu'après la nuit blanche qu'elles avaient passée l'an dernier pour leurs révisions. Les valises sous ses yeux étaient plus atroces que des sacs Fendi de contrebande.

Mais aujourd'hui, le visage d'Avalon trahissait davantage que la simple fatigue.

— Pour ne rien te cacher, reprit-elle, impassible, la semaine s'annonce mal, mais j'ai pas franchement envie de me confier à toi.

Halley eut soudain envie de la plaindre. Elle fit glisser sa main aux ongles laqués de fuchsia le long de son corsaire chocolat et renfila ses boots vert-de-gris. Toutefois, elle ne savait pas trop comment réagir.

— Donc, tu n'as pas envie d'en parler ? dit-elle enfin, dans l'espoir d'arracher à Avalon suffisamment d'infos pour décider ou non de poursuivre.

— Avec toi ? demanda Avalon, avant de revenir d'un pas hésitant vers Halley pour s'asseoir au bureau voisin. Pourquoi je ferais ça ?

— Hmm… Parce que dans le temps j'étais assez douée pour t'écouter et t'aider à résoudre les problèmes, répondit Halley en pensant qu'il était peut-être temps de laisser à Avalon le bénéfice du doute.

Elle croisa son regard moqueur.

Avalon se tut pendant un moment qui parut durer une éternité, avant de reprendre finalement la parole :

— Je ne suis plus certaine d'avoir fait le bon choix en entrant dans l'équipe de pom-pom girls. Elles ont des tas de règles, je veux dire… et je crois bien que je les ai déjà transgressées. Bon… Brianna est géniale… évidemment, mais les autres se connaissent depuis si longtemps, dont une peau de vache qui ne me fait pas de cadeau… Bref, c'est pas facile de s'intégrer à un groupe aussi soudé, tu vois ?

— Aussi coincé, tu veux dire ? gloussa Halley. Non, sérieux, qui peut se la jouer toujours *pepsy* comme elles ?

Mais Avalon n'avait pas l'air de trouver ça marrant.

— C'est pas moi qui me la joue en ce moment, dit-elle. Se prendre pour une artiste ou une groupie foldingue du chanteur et traîner en tee-shirt ringard et en santiags minables, t'appelles ça comment, toi ?

— Pour la dernière fois, je ne suis pas une groupie, mais leur agent de pub ! fulmina Halley, en passant sur la réflexion sur ses santiags qui commençait sérieusement à dater.

— Ouais, c'est ça…, ricana Avalon en se levant brusquement pour filer vers la porte. À propos de pub, j'allais te mettre sur ma liste d'invitées pour que tu puisses voir combien la soirée Greene va être géniale… mais j'ai changé d'avis.

— Comme si j'avais besoin d'être invitée à ta fête, alors que c'est aussi la mienne ! s'esclaffa Halley, en secouant la tête d'un air incrédule.

— Ben dis donc, si c'est aussi la tienne, t'as une drôle de façon de le montrer, rétorqua Avalon du tac au tac. Figure-toi que j'ai passé tout l'été à trouver un thème, mettre au point la liste des invités, la déco…

et les Mam's et moi, on est les seules à avoir tout organisé dans le détail, sans même que tu lèves le petit doigt.

— J'ai une idée pour l'orchestre, annonça Halley sans se démonter.

Elle y réfléchissait depuis la fête d'anniversaire du petit frère de Wade. Si elle devait d'abord conquérir le groupe pour gagner le cœur de Wade… alors, elle savait comment se rendre irrésistible à ses yeux. Adieu, la soirée Greene… Bonjour, la Halley Live Dance Party !

— Ben si t'étais un tantinet au courant de ce qu'on a prévu, tu saurais que tu viens de parler pour ne rien dire, lâcha Avalon. Reviens sur terre, ma vieille. Ta mère t'a même pas dit qu'elle avait déjà engagé un DJ il y a une semaine ?

— Si, grimaça Halley, plus sûre d'elle que jamais car elle se préparait à lui faire la révélation du siècle. Et quand je lui ai parlé d'un groupe, on a décidé que de la musique live et un DJ, ce serait d'enfer.

— Ah…, fit Avalon avec la tête de la fille qui vient d'apprendre qu'on trouvait du Chanel dégriffé sur le Net.

— La question à cent dollars, maintenant…, continua Halley, certaine qu'Avalon céderait, plutôt que de renoncer à sa précieuse soirée sans la totale coopération de son ex-meilleure amie. T'as dit aux Mam's que t'avais changé le thème… et que la Fiestamitié d'origine devenait la soirée Greene ?

151

— Pas exactement…, avoua Avalon, un sourire au coin des lèvres, ses yeux sombres brillant sous les lumières du plafond. Je leur ai seulement dit qu'on mettrait davantage l'accent sur la mode plutôt que sur l'amitié.

— Et tu crois vraiment qu'elles vont gober ça ?

— Mouais, répondit Avalon. Car si jamais elles me cuisinent… je sais que tu me soutiendras sur ce coup.

— Qu'est-ce qui te fait dire ça ?

Halley n'en revenait pas qu'Avalon puisse supposer qu'elle la défendrait encore !

— Ben, euh…, hésita Avalon, en haussant ses sourcils blond pâle, avant de poursuivre : je sais que tu meurs d'envie comme moi d'organiser cette fête, pour que ces Dead Romanos à la noix puissent jouer.

— Dead Romeos, marmonna Halley.

— Peu importe ! Le fait est qu'on a chacune besoin de l'autre. Malgré tout, j'ai pas envie que tu foires ma soirée avec tes soi-disant copines et ces pseudo-rockers incapables d'aligner deux notes. Alors, on coupera la fête en deux. Tu peux occuper l'étage de chez Georges et je me réserve le rez-de-chaussée… et on verra où on s'amuse vraiment.

— Ça me paraît bien, dit Halley, agacée qu'Avalon puisse se croire la seule à prendre les bonnes décisions.

Pourtant elle s'avouait plus ravie que jamais de faire la fête avec les Dead Romeos, sans Avalon et toutes ses amies minables. Cette solution réglait à merveille le problème de la soirée.

— Mais ne viens pas pleurer si toutes les pom-pom girls te lâchent... si tous les garçons sont sur ma terrasse panoramique et que tu essaies de t'inviter dans ma Halley Live Dance Party pour découvrir ce qui passe dans une fête réussie.

— OK !

— OK !

Comme la porte se refermait en claquant derrière son ex-meilleure amie, Halley se réjouit d'être enfin débarrassée de la divAvalon.

Rock'n roll hébétude
par la Fashion Blogueuse numéro 1

Posté le mercredi 17/9 à 7 h 12

On a toutes nos chansons préférées, nos musiques et nos groupes favoris… Super ! À condition de ne pas se croire dans un clip de MTV. Coucou, on se réveille ! N'est pas Avril Lavigne qui veut, OK ? Alors, arrêtez de vouloir vous faire passer pour elle. Enlevez ces piercings ridicules, effacez ces faux tatouages et ôtez ces bottes gothiques dans lesquelles vous ne tenez même pas debout, surtout qu'on frôle les 30 °C. En fait de rock star, votre look est top ringard. Ah oui, j'allais oublier… un iPod n'est pas un accessoire de mode. Retirez les écouteurs et vous entendrez peut-être les gens ricaner sur votre branchitude totalement foireuse. Pas la peine de donner des noms. Les beurk se reconnaîtront.
Bon shopping,

Avalon Greene

COMMENTAIRES (219)

WAOW ! FB1 a la RRRage aujourd'hui ! J'parie que C Avalon, la Fashion Râleuse. En tt cas, j'adoRRRe ! Je voterai pr toi.
Posté par langue_de_VIP le 17/9 à 7 h 51.

Hé ! Ça fait des années que les gens copient le look D chanteurs. Les styles punk, pop-rock, disco, funky, hip-hop, etc. T'en as jamais entendu parler ? Et Gwen Stefani et sa collection L.A.M.B. ? Les rock stars sont des icônes fashion. Pas com toi.
Posté par missToulemonde le 17/9 à 8 h 03.

missToulemonde a raison. Avalon = Bouffonne.
Posté par l_esprit_de_jimmy le 17/9 à 8 h 09.

O lieu de kritiker, dis-nous ski est branché, Miss Je-C-Tout ? Boycottez FB1 ! FB2, C la seule ki s'y connaît en fringues.
Posté par fashionDiva le 17/9 à 8 h 17.

MDR ! Ben au moins, C clair… Hal-Valon sont Cpa-rées. Waow, ce blog déchire ! Normal, y en marre D frimeuses.
Posté par radio-potins le 17/9 à 9 h 49.

Tête-à-tête plein d'espoir

— Super boulot, les filles !

En rajustant son top orange Stella McCartney pour Adidas, Brianna semblait encore plus enthousiaste que d'habitude. À force de répéter leur enchaînement dans la chaleur humide qui avoisinait les 24 °C, toutes les pom-pom girls étaient écarlates et en nage, mais Brianna avait trop la pêche pour s'arrêter maintenant.

— Allez, on recommence *Gare à vos avants !* une dernière fois !

Brianna décocha à Avalon un sourire radieux, comme pour lui transmettre un message secret. Elles n'avaient pas vraiment discuté seule à seule depuis le petit sermon de la capitaine, deux jours plus tôt, et Avalon avait particulièrement veillé à ne rien faire qui puisse transgresser le code de conduite de l'équipe.

Elle n'en revenait pas d'avoir avoué ses craintes à Halley… comme si celle-ci pouvait comprendre quoi que ce soit aux règles, surtout qu'elle donnait maintenant dans le rock alternatif. La plupart des créatifs voulaient à tout prix briser l'ordre établi, non ? Bref, à cause de l'attitude de Halley, Avalon se révélait d'autant plus déterminée à rester dans l'équipe des pom-pom girls ; elle avait donc décidé de parler uniquement quand on lui adressait la parole, d'éviter de cancaner – même sur Sydney – et de faire son maximum pour devenir la fille la plus énergique de toutes.

— Allez, on termine par le « V » de la victoire ! s'écria Brianna, comme elles achevaient l'enchaînement.

Tandis qu'Avalon se mettait en formation avec les autres et hurlait : « Ça va rugir, ça va saigner ! Les Lions vont vous dévorer ! », elle se dit que c'était l'occasion de montrer aux filles qu'elles avaient bel et bien eu raison de la choisir. Elle suivit les pas de danse comme les autres et attendit son tour pour exécuter sa culbute. Lorsqu'il arriva, elle leur offrit un final en beauté avec rondade, double flip arrière, salto arrière et grand écart, sachant qu'il les épaterait toutes. Bingo ! Les filles l'acclamèrent. Même Sydney parut impressionnée.

— C'était gé-nial ! hurla Gabrielle Velasquez, la jumelle d'Anna, du cours de journalisme.

Gabby était aussi bien balancée que sa sœur, mais avec des cheveux bouclés plus longs et plus foncés, de même qu'elle portait toujours des débardeurs et des leggings en Lycra. En fait, Avalon attendait le moment idéal pour lui demander où elle dénichait ses tops, car ceux-là semblaient maintenir à merveille ses formes super galbées.

— Franchement, ton double flip avec salto est incroyable ! approuva Andi Lynch, ses lèvres roses postillonnant sur le mot *s-s-s-alto*.

La petite brune à taches de rousseur arborait un corsaire noir et un débardeur rouge ajusté. Désormais, Avalon savait qu'elle devait tourner la tête quand Andi parlait.

— Merci, dit Avalon en souriant. J'imagine que toutes ces années de gym auront servi à quelque chose.

— C'est clair ! s'extasia Brianna. Euh… je peux vous emprunter Avalon une minute, les filles ?

— Bien s-s-sûr ! s'écria Andi.

Avalon remarqua que Gabby essuyait son avant-bras et s'écartait un peu d'Andi, tandis qu'elles s'éloignaient avec les autres.

— Ça fait un moment qu'on n'a pas discuté, dit Avalon, comme Brianna et elle quittaient tranquillement le terrain de football.

Elle essayait de garder le moral, mais se demandait déjà si Brianna n'allait pas lui reprocher d'avoir voulu épater la galerie avec sa dernière culbute.

Il existe peut-être des règles qui empêchent de faire de l'ombre aux copines en étant meilleures qu'elles, pensa-t-elle, un peu moqueuse.

— Bon, commença Brianna, en passant sa main sur sa soyeuse queue-de-cheval noire. Je voulais m'excuser d'avoir été trop dure avec toi l'autre jour.

Avalon essuya ses mains moites sur son short Roxy gris chiné et la remercia par un sourire.

— Je ne veux pas que les autres s'imaginent que tu as droit à un traitement de faveur, tu comprends ? poursuivit Brianna. Mais je crois que t'as tellement bien bossé qu'on est toutes trop contentes de t'avoir dans l'équipe.

— Et moi, je suis ravie d'être avec vous ! répliqua sincèrement Avalon, en prenant une grande bouffée d'air marin, tandis qu'elles passaient devant les pavillons réservés à l'administration et aux options.

— Alors, c'est parfait. Je voulais aussi te dire que j'organise une soirée pyjama après le match de vendredi. Tu peux venir ?

Avalon éprouva la même sensation que le jour où l'équipe l'avait choisie, comme si tout rentrait de nouveau dans l'ordre. Elle allait accepter l'invitation, quand elle se rappela les conseils de *CosmoGIRL !* pour se faire de nouvelles amies. « Montrez-vous accueillante : si vous faites connaissance sur votre propre territoire, vous vous sentirez en position de force, plus à l'aise et en confiance. »

— Pas de problème, je suis libre, répondit Avalon. À moins que tu ne me laisses éventuellement… organiser la soirée chez moi ?

Comme elles approchaient du bâtiment principal, Brianna lui lança un regard intrigué.

— C'est juste que j'ai vraiment envie que toutes les filles sachent que je suis hyper heureuse de faire partie de l'équipe, expliqua Avalon en guettant la réaction de Brianna. Tu sais, elles ne me connaissent pas aussi bien que toi, et si elles me voient dans mon propre environnement, ça va sans doute les aider. Tu crois pas ?

— T'as une super idée, acquiesça Brianna, tandis qu'elles arrivaient dans le hall d'entrée et se dirigeaient vers le vestiaire des filles. J'envoie à toutes un e-mail dès ce soir !

Avalon était aux anges. Ce ne serait pas une simple soirée pyjama… ce serait LA soirée pyjama de l'année ! Elle aurait enfin conquis l'équipe, et sa nouvelle vie de pom-pom girl serait comblée. Elle gagnait largement au change : elle avait troqué une vieille frimeuse contre neuf nouvelles copines fabuleuses !

VIE SCOLAIRE SANTÉ SPORT LOISIRS CONCOURS

Basta les bimbos !
par la Fashion Blogueuse numéro 2

Posté le jeudi 18/9 à 7 h 16

On vit dans une ville où le soleil oublie rarement de briller et on ne va pas s'en plaindre... sauf, bien sûr, si les températures élevées deviennent un prétexte pour dévoiler le moindre centimètre de peau. Sérieux, si les gens se demandent si vous avez oublié d'enfiler un pantalon, c'est que vous en montrez trop. (Franchement, vous voulez nous faire croire que ce bout de tissu est une robe ? Merci d'avoir tenté le coup, mais c'est raté. Essayez encore, SVP.)
Sans vouloir passer pour une fille coincée, je me demande si vous avez bien retenu qu'un des quatre « C » du bon look, c'est la Classe ? Oui ? Alors évitez cette minijupe microscopique ! Toute cette chair à nu, ça fait beaucoup pour une seule personne. Et ras-le-bol du top à ras du nombril. Arrêtez d'exhiber votre

misère à fleur de peau et de confondre chic avec *cheap*… et couvrez-vous un peu !

Soyez glamour avec humour,

Halley Brandon

COMMENTAIRES (196)

Exact ! Marre des bimbos craignos ki se la jouent chicos.
Posté par masterFlash le 18/9 à 7 h 27.

Bien vu. On peut ajouT les bustiers en stretch à la liste noire ? Ça va boosT les garde-robes des plus busT d'entre nous, moajdis.
Posté par primadonna le 18/9 à 7 h 43.

Tu peux ns donner la meilleure longueur de robe ? C juste sous les fesses, à mi-cuisses, ou quoi ?
Posté par miss_Perfekt le 18/9 à 8 h 18.

Un tuyau pr toa, miss_Perfekt : si tu poses la kestion, C que C déjà trop court !
Posté par princesse_rebelle le 18/9 à 8 h 23.

Partie gagnante

— T'es encore dans les choux ! Yeaaah ! s'écria Halley en bondissant sur la couette grise toute fripée de son frère, qu'elle narguait avec la manette de la PlayStation.

Depuis son retour de la gym, ils s'étaient lancés dans une partie de Tekken endiablée, et la lutte devint si acharnée que Tyler avait renversé un verre de Coca pas tout à fait vide sur la tête de sa sœur, en lui aspergeant les cheveux et le justaucorps de ce liquide collant. Mais elle s'amusait trop pour s'énerver... ou abandonner. Halley enfila un des tee-shirts « Guerre des étoiles » de son frère – sec, mais taché – et continua à jouer.

— T'es pas obligée de continuer, si t'as pas envie, dit Tyler.

Mais à l'entendre, on avait plutôt l'impression qu'il implorait sa pitié.

Contrairement à l'ambiance aérée et lumineuse du reste de la maison des Brandon, la chambre de Tyler faisait un peu penser à un cachot. Elle donnait directement sur le garage et, bien qu'assez grande, bénéficiait de sources de lumière limitées à deux petites fenêtres et à un vieux ventilateur en inox au plafond avec une seule ampoule en état de marche. Pour ne rien arranger, les murs noir bleuté étaient tapissés de posters de *La Guerre des étoiles* et du *Seigneur des anneaux*. Tyler n'avait pas refait la déco depuis ses dix ans, même si les parents lui proposaient chaque année de faire venir un professionnel, et l'odeur ambiante s'imprégnait de celles des restes de pizza ou de hamburger qu'il laissait traîner sur son bureau en chêne marqué de coups. Les seules nouveautés bien entretenues de la pièce, c'étaient son iMac, sa PlayStation et sa télévision haute définition à écran plasma.

— OK ! dit Halley, sourire aux lèvres.

Elle sauta du lit en forme de vaisseau spatial pour atterrir sur le tapis berbère grisâtre et s'assit près de Pucci, qu'elle gratta derrière les oreilles.

— Il me reste quelques minutes avant l'arrivée de Sofee, ajouta-t-elle.

Halley savait que c'était un peu pathétique d'avoir passé le plus clair de la semaine à se distraire avec son frère. Mais même si Sofee n'avait pas toujours été prise par les répétitions avec les Dead Romeos, s'amuser avec Tyler permettait à Halley de faire une pause plutôt sympa après la séparation fracassante avec Avalon. La chambre de son frère était devenue l'endroit le plus agréable de la maison – seulement du point de vue de la température, bien sûr –, puisque les parents avaient décidé qu'il était temps de faire des économies d'énergie et de couper la clim, à présent que c'était l'automne. Comme la chambre de Tyler était la seule du rez-de-chaussée et qu'elle bénéficiait d'un courant d'air, grâce à la porte du garage ouverte, ils parvenaient presque à ne pas transpirer à grosses gouttes.

— Parfait, reprit Tyler, qui balaya d'un geste une mèche de cheveux retombant sur ses yeux bleus et s'assit de l'autre côté de Pucci, mais fais-moi voir au moins ta manip pour virevolter et lancer un coup de pied.

— Pas de problème, répondit Halley, je vais te montrer ça... tout de suite !

Elle pressa une série de boutons sur sa manette et son personnage mit aussitôt K.-O. celui de Tyler sur l'écran, puis elle bondit comme une folle dans la pièce en hurlant, les bras en l'air :

— Rien n'arrête Asuka Kazama ! Préparez-vous pour le prochain combat !

— Euh... Hal ? dit Tyler d'un ton nonchalant, tandis qu'il caressait le ventre de Pucci et haussait un sourcil en regardant sa sœur.

— Quoi ?

— On a de la compagnie, précisa-t-il avec un sourire en coin, tout en désignant du regard l'entrée de la chambre.

Pucci aboya et se mit à courir en bavant partout...
Wade.

— Pucci, au pied ! s'écria Halley en se précipitant vers la petite chienne. Oh, la, la, je suis désolée !

Elle s'agenouilla et tira Pucci par son bandana jaune et bleu. Bien sûr, elle ne savait pas trop ce qui la gênait le plus… l'odeur de la chambre de son frère, Pucci qui bavait sur le jean et les Doc Martens noirs de Wade, ou le fait qu'elle-même se soit carrément ridiculisée avec ses taches de soda et son tee-shirt « Quel est ton Jedi ? ». En comparaison, l'épisode de l'ampli renversé passait pour un enchaînement de gym digne des jeux Olympiques.

— Y a pas de souci, assura Wade dans un éclat de rire.

Il s'accroupit auprès de Halley et la fixa de ses yeux sombres.

Il ajouta :

— Ta mère m'a laissé entrer. Excuse… j'aurais dû appeler d'abord, mais j'avais pas ton numéro, alors je me suis dit que je pourrais passer chez toi et…

— T'inquiète pas ! l'interrompit-t-elle.

Elle n'en revenait pas de le voir aussi nerveux !

Son frère se leva :

— Salut, moi c'est Tyler. L'aîné des Brandon… et aussi le plus mature.

— Salut, mec, dit Wade, dont le sourire épanoui dévoilait des dents d'un blanc immaculé. Je m'appelle Wade Houston.

Halley sentit un frisson lui parcourir le dos. Wade venait de rencontrer son frère. Et il avait apparemment fait la connaissance de sa mère. Bref, Halley et lui pouvaient quasiment convoler en justes noces !

— J'ai l'impression que vous venez de dérouiller la PlayStation, reprit Wade en jetant un œil sur l'écran plat de Tyler. Tekken, à ce que je vois. Super jeu !

Halley se releva et croisa les bras, en tentant vainement de dissimuler l'image de Dark Vador sur son tee-shirt.

— T'as de bons scores ? s'enquit-elle, sceptique.

— Ça fait un petit moment que j'y ai pas joué, avoua Wade, en ébouriffant sa superbe minicrête à l'Iroquoise. Tu sais, je suis plus occupé par les répètes, ces temps-ci.

— Exact, acquiesça-t-elle. Vous avez prévu d'autres chansons des Wriggles au programme ?

— Ha ! ha ! ricana Wade, espiègle. En fait, je suis venu récupérer le *flyer* pour notre prochain concert. Sofee avait un truc à faire avec sa mère... ou je sais plus quoi.

— Oh, bien sûr.

Malgré elle, Halley se demanda si Sofee avait envoyé Wade... ou s'il s'était porté volontaire.

— Hmm... suis-moi, alors.

Tandis qu'elle ouvrait la marche dans l'escalier, Halley eut l'impression que tout se déroulait au ralenti. Dans moins d'une minute, Wade allait se retrouver dans sa chambre. Elle essaya de se rappeler dans quel état elle l'avait laissée ce matin-là. Elle avait fait son lit ? Est-ce que ses vêtements sales traînaient par terre ? Angoisse ! Son carnet de croquis avec les portraits de Wade, elle l'avait caché, au moins ?

— Waouh ! Alors, ta mère a vraiment bossé dans l'industrie du disque ! s'exclama Wade en s'attardant devant les disques d'or et de platine dédicacés à Abigail Brandon.

— Ben quoi… tu croyais que je l'avais inventé ? répliqua Halley, en se tournant pour lui décocher un petit sourire ironique.

— Non non, répondit Wade en secouant vivement la tête. Je… enfin… Je trouve ça génial, c'est tout.

Halley haussa les épaules comme ils passaient devant la chambre de ses parents au style minimaliste d'inspiration japonaise, puis devant les deux chambres d'amis – l'une décorée dans les tons naturels, l'autre dans de riches nuances de violet – qui communiquaient avec une grande salle de bains au carrelage noir et blanc, avant d'arriver à sa propre chambre… D'une main hésitante, elle entrouvrit la porte, en priant pour qu'il n'y ait rien de gênant en vue. Rapide coup d'œil à l'intérieur… Ouf !

Halley saisit sa besace sur son fauteuil œuf de bureau et farfouilla dedans, jusqu'à ce qu'elle trouve le fameux *flyer* sur lequel elle avait travaillé. Le dessin se révélait assez réussi, de son point de vue, en tout cas.

— Donc, voilà l'idée qui m'est venue, dit-elle en lui tendant la feuille.

Il s'agissait d'un dessin à l'encre de Chine des quatre musiciens, avec *The Dead Romeos* calligraphié au-dessus de leurs silhouettes. Le nom du groupe formait des arabesques autour des têtes et s'entremêlait avec les arbres à l'arrière-plan. Tandis qu'il le prenait en main, leurs doigts s'effleurèrent et Halley sentit un million de minuscules étincelles lui parcourir le bras. Sa peau était douce et chaude comme le petit ventre de Pucci.

— J'ai utilisé certains clichés de la séance de la semaine dernière, expliqua-t-elle, pour être sûre de bien rendre les traits de chacun. J'avais l'intention de vous le scanner pour vous l'envoyer, mais je n'ai pas encore eu l'occasion de…

— Dis donc, Sofee avait raison, reprit Wade. T'es drôlement douée !

— Oh, merci…

Halley inspira profondément, car elle souhaitait mémoriser ce grand moment dans ses moindres détails : le tee-shirt et le jean noirs de Wade, assortis à ses Doc… et son odeur d'eau de mer, de noix de coco et de bois de santal. Bien sûr, elle conservait plus ou moins le souvenir des traits de son visage fascinant, mais d'aussi près elle remarqua deux toutes petites rides qui se plissaient autour de ses yeux quand il souriait. Elle ne les avait jamais vues, non ?

Il s'avança vers les portes vitrées coulissantes à l'autre bout de la pièce et contempla le jardin.

— Ta maison est vraiment cool, dit-il.

De son index, Wade dessina une forme sur le verre… elle aurait juré qu'il s'agissait d'un cœur.

— Et cette cabane est géniale.

— Ah ouais... c'est ma vieille cabane de jeux, murmura Halley.

Depuis son entrée au collège, elle avait demandé à son père de la détruire, mais il ne s'était jamais décidé à le faire. En regardant par-dessus l'épaule de Wade, elle remarqua la lumière toujours éteinte dans la chambre d'Avalon. Courtney ne l'avait pas encore ramenée de l'entraînement des pom-pom girls.

Tout à coup, Halley eut une idée de génie. Elle devait se débrouiller pour entraîner Wade devant chez elle, avant le retour d'Avalon. Sa voisine la verrait en compagnie de son nouveau petit copain et ça lui clouerait le bec !

— Faut que tu voies la maison depuis la rue, suggéra Halley, qui se sentait incroyablement inspirée. Dans son écrin de verdure !

— Ah ouais ? répliqua Wade, qui se retourna et planta ses yeux d'onyx dans les siens.

Chaque fois qu'il la regardait, elle avait l'impression qu'il l'hypnotisait pour qu'elle le trouve encore plus fabuleux.

— OK, alors...

Halley le conduisit au rez-de-chaussée et ils franchirent la porte d'entrée en verre fumé, pour se retrouver sur les marches en ardoise grise.

— Bon, tu dois l'observer sous un certain angle pour bien piger le concept architectural, dit Halley en prenant Wade par les épaules pour le placer face à la demeure. D'ici, tu peux voir l'influence ultramoderne des lignes. Tu vois ce que je veux dire ?

Halley désigna la courbe des murs qui entouraient les plates-bandes garnies d'arbres et de plantes exotiques.

— Euh… je suis censé admirer quoi, déjà ?

Wade semblait un peu perdu, ce qui la fit glousser en silence, car elle-même n'avait pas la moindre idée de ce qu'elle tentait de lui montrer. Ce qu'elle savait, en revanche, pensa-t-elle en lançant un rapide coup d'œil du côté de chez Avalon, c'est qu'elle devait garder Wade devant la maison le plus longtemps possible. Au moins jusqu'au retour d'Avalon.

— Ben, euh… comme l'architecture est franchement postmoderne, il a fallu qu'on trouve des plantes avec des lignes et des formes super spéciales et tout, quoi…

Halley espérait ne pas avoir l'air trop ridicule, même si le fait d'embrouiller Wade ne pouvait que l'aider à gagner du temps.

— Aaaah…, dit-il en hochant la tête, tandis qu'il se retournait pour la gratifier d'un sourire si radieux qu'il aurait fait fondre toute la neige d'Alaska. Je comprends absolument rien à ce que tu racontes.

Leurs regards se croisèrent et Halley se sentit complètement à l'aise avec lui, comme s'ils formaient l'association parfaite entre un bustier de soie grise et un cardigan en cachemire noir… Comme deux âmes sœurs s'étant enfin trouvées... Comme s'ils pouvaient communiquer sans avoir besoin de s'exprimer. Et tous deux s'esclaffèrent en chœur.

— En fait, je sais pas trop moi-même ce que je baragouine, avoua-t-elle entre deux éclats de rire.

Elle sourit et se passa la main sur les cheveux, encore collants par endroits, à cause du Coca renversé dessus. Halley savait que c'était le moment de lui demander si les Dead Romeos accepteraient de venir jouer à sa soirée, la semaine prochaine. Mais elle aperçut au même moment la Coccinelle bleue décapotable de Courtney qui débouchait au coin de la rue.

Comme la voiture s'engageait dans l'allée des Greene, tout ce que vit Halley, ce fut la queue-de-cheval blonde d'Avalon, assise sur le siège passager. À la dernière seconde, Avalon tourna brusquement la tête et regarda tout droit en direction de Halley. Et de Wade !

Même à distance, Halley la vit blêmir sous le choc, comme prise d'une nausée subite. Avalon n'était pas simplement jalouse. C'était pire encore. Et si Avalon avait rendu tripes et boyaux par-dessus la portière, cela aurait été la cerise sur le gâteau de la journée la plus fabuleuse dans l'existence de Halley. Elle avait toujours préféré la cerise, de toute manière...

VIE SCOLAIRE | SANTÉ | SPORT | LOISIRS | CONCOURS

Le psycho-test du jour : les tenues qui mettent (votre âme) à nu !
par la Fashion Blogueuse numéro 1

Posté le vendredi 19/9 à 7 h 47

C'est le week-end, alors c'est le moment ou jamais d'organiser une soirée pyjama ! La bonne nouvelle, c'est que vous n'êtes pas obligée d'en porter un ! Pardon ? Mais oui… vous pouvez piocher dans tout un éventail de tenues cool et cocoon et, croyez-le ou non, ce que vous choisissez en dit long sur votre personnalité. Répondez au questionnaire suivant pour savoir ce que vous devez glisser (ou pas)* dans votre sac…

1. Le truc in-dis-pen-sa-ble à votre vie, c'est
   a) Le shopping
   b) La musique
   c) Le sport
   d) La lecture

2. Les films que vous préférez sont plutôt

a) Des films sentimentaux
b) Des films d'horreur/thrillers psychologiques
c) Des films d'action/d'aventures
d) Des comédies/dessins animés

3. Votre parfum de glace préféré

a) Fraise
b) Chocolat-cerise
c) Chocolat-marshmallow-amande
d) Vanille

4. Si vous deviez embrasser une célébrité, ce serait

a) L'acteur Zac Efron (*Highschool Musical*, *Hairspray*)
b) Le chanteur Justin Timberlake
c) Le tennisman Andy Roddick
d) L'acteur Adam Brody (*Nexport Beach, Gilmore Girls*)

5. Les activités les plus *fun* d'une soirée pyjama sont

a) La manu-pédicure
b) Raconter des histoires d'épouvante/faire des blagues
c) Les jeux
d) Dormir

Si vous totalisez un maximum de **A**, vous êtes une fille FABULEUSEMENT GLAMOUR.
Vous pouvez peut-être laisser de côté vos déshabillés hollywoodiens en satin et opter pour un joli pyjama

de star en coton ou une chemise de nuit style baby doll avec juste une touche de dentelle.

Si vous totalisez un maximum de **B**, vous êtes une fille CHIC et CHOC.
Vous êtes si peu banale que vous pourriez oser le simple bustier et le boxer en dentelle, voire le string… Mais je vous conseille de couvrir vos atouts… au moins avec un débardeur seyant et un caleçon d'homme sympa. Après tout, c'est une soirée pyjama… et pas un clip sexy sur MTV !

Si vous totalisez un maximum de **C**, vous êtes une SUPER SPORTIVE.
Certains pourraient vous traiter de garçon manqué, surtout si vous décidez de dormir dans le même tee-shirt XXL porté toute la semaine. Prenez un petit haut à votre taille (et propre !) et un short ou un jogging cool et classe, et vous ne passerez pas pour la dormeuse mal fagotée de service !

Si vous totalisez un maximum de **D**, vous êtes INTELLO-TIMIDE.
Chère Prudence, vous craignez peut-être de dévoiler le moindre centimètre de peau, mais dégrafez au moins un ou deux boutons de cette veste de pyjama en pilou et laissez votre caleçon long en flanelle et vos pantoufles en polaire à la maison… sous votre oreiller Hello Kitty. Rejoignez vos copines et décoincez-vous… Vous risquez d'apprendre plein de trucs auprès de filles plus délurées et plus expérimentées que vous !

* Ça tombe sous le sens, mais évitez SVP de vous pointer en tenue de nuit à la soirée… sinon, on vous collera illico l'étiquette de novice.

Bon shopping,

Avalon Greene

COMMENTAIRES (251)

Hé, Avalon, trouve-moi 1 pyjama & j' choisirai l'tien !
Posté par yo_man le 19/9 à 7 h 53.

Hé, vous saV c'qui C paC chez Correy Halverson le w-end dernier ? 1 fille dont les initiales sont KW C endormie la première et C retrouvée la main plonG ds un bol d'eau chaude et… des Huggies double protection lui auraient été drôlement utiles ! Tragique, moajdis !
Posté par radio-potins le 19/9 à 7 h 55.

Gnial, le test ! J'savais pas que GT « chic et choc »… mais C vrai que j'm'habille 1 peu trop sexy aux soirées pyj'. Maintenant je ferai gaffe… Merci & Biz@toi.
Posté par langue_de_VIP le 19/9 à 8 h 04.

Pas de répit pour les filles

Dans son tout nouveau débardeur rouge Michael Stars et ses leggings à mi-mollets, Avalon scruta le salon une dernière fois pour s'assurer que tout était fin prêt. Le match n'aurait pas pu mieux se dérouler… même si elle n'avait pas encore reçu sa tenue officielle. Elle espérait que le reste de la soirée se passerait aussi bien et lui permettrait de s'intégrer définitivement à l'équipe.

Les grands canapés en velours étaient écartés du passage, afin de libérer de l'espace sur le tapis marocain couleur sauge, pour que les dix filles puissent étaler leurs sacs de couchage. Sur la table basse en cuir noir qui trônait en plein milieu, elle avait posé des saladiers remplis de caramels, de chocolats, de chips et de pop-corn, ainsi qu'un plateau avec des tas de bâtonnets de crudités et sa sauce préférée : de la crème aigre-douce à l'aneth. Avalon avait déjà vérifié qu'il y avait suffisamment d'eau minérale et de sodas sans sucre et sans caféine dans le frigo… et surtout aucune canette de boissons énergétiques.

Elle sortit une pile de magazines d'un porte-revues

en daim rouge – parmi lesquels *CosmoGIRL !*, *People*, *Vogue*, *Elle*... et sa dernière obsession en date, *La Revue des pom-pom girls* – et les dispersa sur le tapis. Puis elle s'approcha des interrupteurs dans le hall d'entrée voûté et diminua l'intensité des lumières du plafond pour rendre encore plus chaleureuse la nuance taupe dorée des murs peints à l'éponge.

Elle dénicha enfin la télécommande parmi les barquettes de réglisse sur la table, pressa la touche « On » et commença à faire défiler les chaînes sur l'écran plasma fixé au-dessus de la cheminée en pierre blanche. Quel programme conviendrait le mieux à une soirée de pom-pom girls ? MTV, VH1 ? Comedy Central, Fox TV, une chaîne sport ? Comme rien ne semblait vraiment convenir, Avalon éteignit la télé et opta pour la musique.

Elle ouvrit les portes ouvragées de la console audio-vidéo, puis passa en revue la playlist de son iPod : Gym-Tonic (il était temps de l'effacer, cette compil !), Pop-Folk, Disco-Fitness, Meilleures Amies pour la Vie (encore une à supprimer !), Electro Fun, Souvenirs du stage de tennis, Pom-pom Remix... jusqu'à ce qu'elle trouve celle qu'elle cherchait : Pyjama Party. Mais dès que la chanteuse Pink se mit à faire vibrer les baffles insérés dans le mur, Avalon paniqua. Et si Brianna trouvait les paroles choquantes ou déplacées ? Et si Sydney se moquait de ses goûts musicaux ? Elle décida de passer la compil entière de Kelly Clarkson. Tout le monde aimait Kelly, non ?

Avalon ne se rappelait pas avoir été aussi nerveuse avant une soirée pyjama. Mais jusqu'ici elle n'en avait jamais donné une seule sans l'aide de Halley en tant que coorganisatrice. Bien sûr, après l'avoir vue hier en compagnie de Wade, Avalon était presque soulagée de ne plus être son amie. OK, peut-être qu'elle était un peu jalouse du fait que Halley avait un petit copain – même s'il s'agissait de Wade –, mais surtout soulagée. D'ici peu, Halley porterait un piercing à l'arcade sourcilière et des santiags chaque jour de la semaine. Halley avait fini par se révéler sous son vrai jour et, à l'évidence, ça ne pouvait pas du tout coller avec Avalon.

Elle dressait mentalement la liste des activités et des sujets de conversation pour la soirée (répétition des enchaînements, soins du corps, célébrités reçues dernièrement dans les talk-shows), quand la sonnette retentit.

— Salut ! s'écria Brianna en la serrant très fort dans ses bras, dès qu'Avalon lui ouvrit la porte. T'es superbe.

— Toi aussi, dit Avalon, sourire aux lèvres, en détaillant le survêt' vieux rose de Brianna. J'adore ton jogging. Juicy ?

— J'en sais rien, répondit Brianna en passant la main derrière sa nuque pour sortir l'étiquette.

— Exact ! confirma Avalon en la lisant, épatée que Brianna puisse être aussi chic sans le moindre effort. C'est super mignon.

Vingt minutes plus tard, le reste du groupe était arrivé, et toutes les filles dansaient dans le salon au rythme de *Since U Been Gone*. Avalon avait enfin l'impression de faire partie de la bande. D'être un membre à part entière de l'équipe. Brianna n'avait pas l'air de s'inquiéter que les filles se fatiguent à faire la fête, et même Sydney parut se dérider. Avalon et elle se découvrirent d'ailleurs des tas de points communs au rayon cosmétiques.

— Moi aussi, j'adooore ! s'extasia Avalon en entraînant Sydney vers la salle de bains du rez-de-chaussée pour lui montrer sa mallette rose de maquillage pro, remplie de tas de flacons de vernis à ongles, des rouge foncé OPI aux pastels irisés Hard Candy.

Elles décidèrent de s'associer pour la partie « soins du corps » de la soirée.

— Tu sais, je suis vraiment contente que tu aies rejoint le groupe, lui confia Sydney d'une voix douce, ses yeux violets pétillant sous la lumière tamisée de la salle de bains.

— Merci, dit Avalon dans un sourire épanoui. Moi aussi, je suis ravie ! ajouta-t-elle en respirant le parfum des bougies au jasmin qui se consumaient dans les photophores en fer forgé, de part et d'autre du miroir ovale.

S'était-elle trompée en jugeant Sydney un peu trop vite ? Elle eut un pincement au cœur pour toutes les méchancetés qui lui étaient venues à l'esprit en pensant à elle.

Avalon et Sydney se mirent à pouffer et se serrèrent dans les bras l'une de l'autre. Lorsqu'elles revinrent au salon, Brianna annonça qu'elles devaient répéter certains mouvements dans le jardin.

— Avec les lampes torches, on peut te montrer l'enchaînement qu'on a mis au point pendant le stage, suggéra Sydney à Avalon.

Celle-ci fila au garage et prit dans le kit familial de secours en cas de tremblement de terre une boîte remplie de lampes de poche bleues, puis elle entraîna les filles à l'extérieur. Même si Avalon avait éteint toutes les lumières – pour réussir l'effet « lampe torche » –, elle eut l'impression que la maison des Brandon était éclairée du sol au plafond et illuminait les deux jardins voisins. Elle leva la tête et vit briller les lanternes en papier à travers les portes vitrées de la chambre de Halley.

Elle retourna récupérer son iPod au salon. Pendant qu'elles s'entraîneraient, Avalon voulait être certaine que Halley entende absolument tout ce qu'elle ratait !

On va voir si ton petit copain fait le poids, face à mes neuf super copines !

Même s'il faisait un peu frisquet, Avalon sentait la chaleur irradier en elle. Brianna et elle regardèrent les autres exécuter les figures élaborées pendant leur stage, puis elles les rejoignirent pour les mouvements qu'Avalon connaissait déjà. Elles hurlaient toutes le plus fort possible, en amortissant leurs chutes dans l'herbe tendre et fraîche, puis elles formèrent une pyramide et enchaînèrent les pirouettes, tandis que les enceintes beuglaient *Stupid Girls* de Pink.

Les filles voulurent qu'Avalon leur enseigne sa fameuse série de culbutes, qu'elles avaient baptisée l'« enchaînement Avalon » depuis mercredi. Mais elle n'arrêtait pas de rater le passage entre le deuxième flip et le salto arrière. Comme elle était étendue sur la pelouse, elle reconnut l'aboiement familier de Pucci. Elle se redressa et vit Halley et la petite chienne de l'autre côté de la clôture.

— Hé ! s'écria Halley, qui tentait d'empêcher Pucci de franchir la grille pour filer dans le jardin des Greene.

Mais la petite chienne bondit par-dessus et rejoignit Avalon, qu'elle couvrit de petits coups de langue, en montrant clairement laquelle de ses deux mamans d'adoption elle préférait.

— Tiens, salut les filles ! Vous allez bien ? reprit Halley dans un petit sourire maladroit, comme si elle ne les entendait pas hurler depuis une demi-heure. Qu'est-ce que vous faites toutes là ?

— C'est la soirée pyjama d'après-match, expliqua Brianna, en s'essuyant le front du dos de la main. Avalon tentait à l'instant de nous apprendre son incroyable série de culbutes, mais ça nous prend la tête !

— Oh, dit Halley, en balançant ses Nike blanches sur la pelouse. C'est quoi au juste ?

— Rondade, deux flips arrière, salto arrière et grand écart, « Allez, les Lions ! », répondit Avalon, impassible, en écartant les bras en V, comme lorsque Halley se moquait des pom-pom girls.

— Comme ça ?

Halley prit son élan et exécuta la série de culbutes à la perfection en terminant par :

— *Allez, les Lions !*

— Waouh, t'as réussi du premier coup ! s'enthou-siasma Andi.

Pour un peu, la petite brune allait lui sauter au cou.

— Refais-le, Hal, intervint Tanya.

— Tiens, salut, toi ! dit Halley en souriant à sa par-tenaire de tennis musclée, avec laquelle elle jouait en double en sixième.

Halley accomplit l'enchaînement à trois reprises, en laissant Avalon et les autres tenter leur chance après elle. La séance finit par se transformer en un concours de pirouettes, et Avalon dut admettre malgré elle que Halley semblait l'emporter.

— Comment t'arrives à faire un truc pareil ? deman-dèrent Saffron et Samantha Boswell, qui n'en croyaient pas leurs yeux.

La plupart des gens les surnommaient les « jumelles Roswell », car elles faisaient penser à des extra-terrestres aussi semblables que deux gouttes d'eau, avec leurs silhouettes longilignes, leurs cheveux bruns coupés court et leurs yeux énormes aux reflets ambrés.

— J'en sais rien, répondit Halley dans un hausse-ment d'épaules, comme elle s'essuyait les mains sur son pantalon de jogging marine délavé. Suffit de se lancer, c'est tout.

Avalon frissonna, en resserrant les bras autour de sa poitrine.

— Dites, les filles, il commence à faire froid, non ? finit-elle par dire à la cantonade, en regardant les membres de l'équipe autour d'elle. On ferait peut-être mieux de rentrer.

— S-s-super ! Tu nous s-s-suis ? suggéra Andi en postillonnant de plus belle sur Halley.

Avalon crut que le gazon se transformait illico en sable mouvant et qu'elle s'enfonçait peu à peu dans un gouffre de désespoir. Elle saisit Pucci par son bandana rouge et jaune et se cramponna de toutes ses forces à la petite chienne, tout en se débrouillant pour grimacer un sourire.

— Non, c'est gentil, mais j'ai d'autres projets, répondit Halley en regardant dans la direction d'Avalon.

Celle-ci rentra chez elle en trombe, suivie de près par ses coéquipières. Elle était incapable de savoir si elle était : soulagée que Halley ait refusé l'invitation d'Andi... contrariée que Halley ait mieux à faire pour la soirée, ou... agacée d'avoir aussi lamentablement échoué, alors qu'elle souhaitait la rendre jalouse...

Avalon décida qu'elle éprouvait un mélange des trois sentiments, ce qui l'irrita trois fois plus. Car elle se rendait compte qu'entre l'épisode avec Wade et celui des culbutes de ce soir, Halley et elle s'étaient lancées dans un combat impitoyable visant à prouver que chacune vivait mieux sans l'autre.

Dans ce cas, Avalon savait tout à fait comment améliorer sa stratégie guerrière... car elle possédait certains atouts physiques indéniables. Et plus tard dans la soirée, tandis que séchait le sublime vernis violet foncé de ses ongles, elle était déjà passée à l'action.

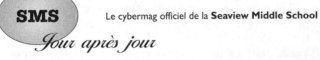

Sondage
Vous portiez quoi ce jour-là ?
par la Fashion Blogueuse numéro 2

Posté le 22/9 à 7 h 14

Vous avez déjà vécu ce genre de journée où tout marche comme sur des roulettes ? Celui ou celle qui vous fait craquer vous remarque enfin… Vous gagnez votre premier match… Vous décrochez un A+ à un contrôle que vous pensiez raté… ou vous trouvez une repartie qui cloue le bec à votre interlocuteur/trice dans une discussion animée ! Autant de moments qu'on a envie de garder à jamais en mémoire, et la meilleure façon de le faire consiste à conserver une image mentale du look que vous aviez ce jour-là. Vous pourriez peut-être même ranger cette tenue quelque part dans une boîte à souvenirs. (Ça a l'air nunuche, mais la plupart des mariées font la même chose avec la robe qu'elles portent le jour de leurs noces, non ?) Alors, voilà la question…

Quel a été le plus beau jour de votre vie ? Que s'est-il passé et comment étiez-vous habillés ?
J'ai hâte de lire vos réponses ci-dessous !

Soyez glamour avec humour,

Halley Brandon

COMMENTAIRES (267)

Oh, la, la !... j'aV 1 bustier Free People sr mon nouvo jean slim True Religion & mes Miss Sixty en daim rouge à smelles compenC... j'faisais du shopping o centre commercial qd j'ai croisé le garçon le plus sexy de la terre qui m'a dit salut ! D le lendemain, on s'envoyait D textos non-stop & on a fini par sortir ensemble... Puis il m'a tromP et je l'ai largué... mais j'm tjrs le look que j'aV ce jour-là ! Les garçons passent, mais les fringues restent !
Posté par fashion_viktim le 22/9 à 7 h 29.

Bikini imprimé... soirée sr la plage, feu de camp, bomecs, zik d'enfer, 1er baiser... j'en ai Djà trop dit ! Ahhhhh !
Posté par primadonna le 22/9 à 7 h 54.

J'porT ma t'nue d'foot et on les a écrabouillés ! L'équipe de la SMS, C la MEILLEURE !
Posté par football_king le 22/9 à 8 h 12.

Si j'te le dis maintenant, faudra que j'te tue ensuite.
Posté par bowling_boy le 22/9 à 8 h 14.

Airbags vengeurs

$\mathscr{L}$e lundi, Halley se retrouva à quelques mètres à peine de Wade et des Dead Romeos… en tant que seule et unique invitée à leur répétition de l'après-midi. Une fois de plus. De son ongle au vernis argenté, elle dessina un cœur sur le genou de son pantalon noir L.A.M.B. à empiècement à pont, tout en remuant la tête au rythme lent de la chanson. C'est sûr que les sièges en forme de notes de musique étaient franchement inconfortables, mais Halley se moquait d'avoir un peu mal aux fesses. Elle avait l'air détendue, mais au creux du ventre ça se bousculait ferme, comme les spectateurs agités d'un concert punk. En fait, depuis jeudi 17 h 17, Halley se repassait la scène de la visite de Wade… encore et encore. Juste pour le fun, elle ajoutait l'image d'Avalon qui la regardait, bouche bée, par la vitre de la Coccinelle de Courtney, ou bien elle se remémorait la tête des pompom girls quand elle leur en mettait plein la vue avec sa série de culbutes.

Lorsque le morceau s'acheva, Sofee reposa sa guitare rouge sur son support métallique et descendit de

la scène. Son look de rockeuse chic était particulièrement réussi aujourd'hui, avec son bonnet noir vissé sur
ses longues boucles platine méchées de brun ; elle
jouait aussi sur les superpositions avec un short en jean
découpé sur des collants ébène et un tee-shirt noir
porté par-dessus un sweat gris à capuche. Avalon
aurait collé un beurk à l'ensemble, et c'est pourquoi
Halley aimait encore plus cette tenue.

— Alors, qu'est-ce que t'en penses ? s'enquit Sofee
en ôtant un cheveu qui traînait sur la tunique à rayures
noires et grises de Halley.

Celle-ci la remercia par un sourire, avant de
répondre :

— Votre groupe s'améliore à chaque fois que je
l'écoute.

— Venant de toi, ça fait vachement plaisir ! hurla
Mason derrière sa batterie, aussi fort que si elle avait
été assise à l'autre bout de la salle.

— Qu'est-ce que tu veux dire par là ? répliqua-
t-elle, l'air de rien, tout en espérant qu'il dévoile une
info croustillante sur les sentiments profonds que
Wade avait pour elle.

— Wade nous a tout raconté sur tes disques d'or et
de platine ! s'exclama Mason.

C'était suffisamment croustillant pour Halley.
Wade avait donc parlé du mur des célébrités dans sa
maison à elle, avec les gars de son groupe à lui ! En
langage de garçon, ça signifiait quasiment : « Je suis
amoureux d'elle. »

— C'est à sa mère, 'spèce de bouffon, intervint Evan, qui leva les yeux aux ciel, puis jeta un regard à Halley, avant de revenir au réglage de sa guitare basse.

Entre-temps, Wade n'avait toujours pas levé la tête.

— Wade a dit aussi que c'était d'enfer chez toi, ajouta Sofee, en tripotant des fils blancs qui s'échappaient d'un des trous de son short en jean délavé.

Wade leva enfin les yeux et les posa aussitôt sur Halley.

Battement de cils à deux doigts de l'évanouissement.

Il hocha la tête.

— Je leur ai tout raconté sur la silhouette postmoderne des palmiers.

Double battement de cils. Elle frisait le coma.

Halley avait quasiment utilisé cette phrase mot pour mot, lorsqu'elle tentait d'exhiber Wade à Avalon comme un trophée.

— Hein, quoi ? fit Mason, qui lança une baguette en l'air et s'étonna lui-même de l'attraper au vol.

— Ouais, qu'est-ce que vous racontez au juste ? renchérit Sofee en haussant un sourcil à la courbe parfaite.

— Rien, laisse tomber…, dit Wade en riant.

Halley esquissa un sourire complice.

Ils partageaient déjà une blague que personne dans le groupe ne pouvait comprendre. Génial, non ?

— Peu importe, soupira Sofee assez fort pour faire frémir le minuscule clou en diamant sur son nez.

Elle récupéra sa sacoche militaire sur le siège vide à sa droite et se mit à farfouiller dedans, jusqu'à ce qu'elle trouve son iPhone. Puis elle se mit à composer un texto.

— Ce que je leur ai vraiment dit, déclara Wade en passant son index le long du col de son tee-shirt gris Foo Fighters, c'est que ton jardin serait idéal pour filmer notre première vidéo.

— Ah ouais ? dit Halley en lui adressant un regard mi-flirteur, mi-moqueur.

— Ouais, et je pensais que t'aurais peut-être envie de tenir la caméra, ajouta Wade, une lueur dans ses yeux sombres. Les photos que tu nous as envoyées par e-mail vendredi soir étaient extra. Tu te sens à l'aise avec un Caméscope ?

— Sans problème, répondit Halley

Du coin de l'œil, elle guetta Sofee pour qu'elle la soutienne, mais elle consultait ses messages sur son iPhone et semblait ne pas écouter la conversation.

— En fait, je suis la vidéaste officielle de l'équipe de gym, précisa Halley. Alors, je suis vraiment bonne pour tourner, découper, remixer… et tout le reste.

— Je vous l'avais dit, les gars, reprit Wade, son regard allant de Sofee à Evan, en passant par Mason. Halley est la fille qu'il nous faut.

Halley appuya mentalement sur la touche « Pause ». La fille qu'il nous faut ? En ce qui la concernait, il venait carrément d'annoncer au groupe qu'elle était la fille qu'il lui fallait... autrement dit, sa petite amie.

Elle avait envie de faire la roue et d'enchaîner les flips et les saltos arrière dans les couloirs de la SMS, sur l'allée en brique, devant les pavillons et jusqu'au terrain de football, où elle balancerait un coup de pied à Avalon qui dégringolerait la tête la première dans le gazon. Au lieu de ça, elle se contenta d'un :

— Absolument.

— Demain après les cours, ça te va ?

Des tas de clips vidéo au montage totalement déjanté traversèrent l'esprit de Halley. Elle s'imaginait déjà en train de crouler sous les Video Music Awards de MTV. Ça ne manquerait pas d'impressionner Wade, non ? Oh ! et elle pourrait lancer le clip en avant-première lors de sa grande soirée chez Georges ! Il lui tardait de voir la réaction de Wade... et d'Avalon. Bien sûr, elle devait encore demander au groupe de venir jouer à sa Halley Live Dance Party...

Juste à ce moment-là on entendit grincer la porte de la salle de musique... ce qui mit fin au petit délire de Halley.

Tout le monde se tourna pour découvrir celle qui venait d'entrer. Halley resta bouche bée en la voyant.

Avalon arborait des ongles laqués en violet et un tee-shirt noir « taillé sur la bête » avec « The Ramones » inscrit en grosses lettres rouges qui paraissaient d'autant plus énormes qu'elles s'étiraient sur sa poitrine.

— Tu t'es perdue ? demanda Halley en lançant ses longs cheveux bruns derrière ses épaules.

— Tiens, salut, Halley, répliqua Avalon en avançant droit vers Wade, auquel elle tendit la main avec une assurance incroyable. Salut, je m'appelle Avalon... Greene.

— Salut, dit-il en la lui serrant, avant de glisser la sienne dans la poche arrière de son jean dark-wash.

Halley sentit son sang battre à ses tempes. Avalon venait non seulement d'avoir un contact physique avec son Dead Romeo, mais Wade gardait les yeux fixés sur les airbags d'Avalon. Elle tenta de se convaincre qu'il était simplement fan des Ramones, mais quand Avalon salua Evan et Mason, et qu'elle vit à quel endroit les trois paires d'yeux convergeaient, elle cessa de nier l'évidence.

— Salut, Avalon, moi, c'est Sofee... Hughes, ricana Sofee, qui se leva en glissant un regard mi-amusé, mi-incrédule à Halley.

— Ha ! ha ! rétorqua Avalon.

Puis elle dévisagea chaque garçon avec un petit sourire guilleret qu'elle avait dû apprendre à la « pom-pom académie », en précisant :

— On se connaît.

Sofee soupira et se rassit :

— Alors, qu'est-ce qui t'amène à notre répète aujourd'hui ?

— Je voulais juste rencontrer le groupe qui allait jouer à notre soirée de samedi, répondit Avalon le plus simplement du monde, comme elle s'asseyait à côté de Halley en la prenant par les épaules.

Halley était si pétrifiée par la scène qu'elle ne put même pas se détacher. Elle était sur le point de demander aux Dead Romeos de venir jouer dans sa soirée à elle.

Sofee se tourna vers elle et ne prononça que deux mots en guise de question :

— Une soirée ?

— Ah ouais, au fait…, reprit Halley, qui acquiesça avant de lancer un regard aux garçons. J'avais l'intention de vous proposer de venir jouer… chez Georges… samedi soir… mais ça me sortait sans arrêt de la tête… et… euh, j'allais justement vous en parler…

— Hé, ça nous ferait vachement plaisir de venir à votre fête ! intervint Wade, l'air un peu étourdi, en décochant un grand sourire niais aux…

Ramones.

— Ouais, ça m'a l'air super ! s'écria Mason, l'œil rivé sur les…

Ramones.

— Ouais, les fêtes, c'est mon truc, s'empressa d'ajouter Evan, en louchant sur les…

Ramones.

La présence de Wade à la soirée aurait dû couronner sa longue série de victoires. Mais Halley avait comme l'impression que la chance n'était plus de son côté.

193

VIE SCOLAIRE SANTÉ SPORT LOISIRS CONCOURS

INTERVIEW EN EXCLU !
Dans le secret d'un placard de star
par la Fashion Blogueuse numéro 1

Posté le mardi 23/9 à 7 h 43

Vous vous êtes déjà demandé ce qui se passait au fond de la garde-robe d'une des filles les mieux loo-kées du collège ? Eh bien, en exclusivité mondiale, voici l'interview de – oui, vous avez deviné – certains vêtements et accessoires de la Fashion Blogueuse n° 2 ! Régalez-vous…

FB1 : Quel est le plus gros avantage de faire partie de la garde-robe géniale de FB2 ?
BOTTES EN DAIM ULTRAMOCHES
Ben… on sent qu'elle nous apprécie un max, puisqu'elle nous porte… alors que tout le monde nous trouve totalement ringardes.

FB1 : Quel est le pire inconvénient de faire partie de sa garde-robe, alors ?
PULL BCBG DE LA SAISON DERNIÈRE

Sérieux ? Pour ne rien vous cacher, elle s'est bien moquée de moi. Elle ne m'a porté qu'une fois, alors qu'elle prétendait m'adorer au premier essayage. Résultat des courses : ça fait des mois que je traîne au fond d'un tiroir avec d'autres chandails… et elle ne m'a jamais envoyé au pressing !

FB1 : S'il y avait une seule chose à changer dans le placard de FB2, ce serait quoi ?
POCHETTE LOUIS VUITTON DE CONTREFAÇON
Aaaargh, tous ces horribles tee-shirts de musicos qu'elle pique à sa mère. Elle croit franchement se faire passer pour une rockeuse ?

FB1 : Ne le prenez pas mal, mais vous êtes vous-même une copie. Vous n'avez pas de compassion pour les imitations ?
FAUX VUITTON : Aucun commentaire.

Et voilà ! Apparemment, la garde-robe de FB2 renfermait autant de secrets que Victoria… jusqu'à ce que je vous les dévoile.

Bon shopping,

Avalon Greene

COMMENTAIRES (157)

Nooon, tapaféça ! FB1, t'es vraimt 1 chipie. Moi ossi !
Posté par langue_de_VIP le 23/9 à 7 h 50.

Ben si le diable s'habille en Prada, FB1, elle porte
quoi ? Parce que C un blog d'enfer, moajdis ! Pauvre
FB2. C pas sympa pr elle... mais keskon s'marre !
Posté par radio-potins le 23/9 à 7 h 58.

WAOW, ce blog est risible... ds l'bon sens, bien sûr.
J'adore ! Dsolée, FB2.
Posté par sexygirl le 23/9 à 8 h 07.

Coup de semonce

C'était le deuxième mardi d'affilée qu'Avalon se retrouvait en compagnie de Halley dans le pavillon de l'option journalisme. Mais elles n'étaient pas seules, cette fois. Mlle Frey les avait convoquées au sujet du concours de blogs du cybermag.

— Eh bien, merci d'être venues pendant votre pause-repas, commença-t-elle, en passant la main sur ses cheveux sombres et soyeux, dont les pointes rebiquaient en effleurant ses épaules.

— Pas de problème, dit Avalon en contemplant sa prof, qui méritait un top aujourd'hui pour son haut forme kimono de couleur vive et son jean slim… quasi identique à celui qu'elle portait.

— Aucun souci, renchérit Halley, tout sourire, en regardant l'enseignante droit dans les yeux.

— J'ai à la fois une bonne et une mauvaise nouvelle, enchaîna Mlle Frey.

Avalon retint son souffle et espéra au fond d'elle-même que la prof ferait remarquer à Halley qu'il était ridicule d'essayer de donner des conseils mode à tout le monde, surtout quand elle portait comme aujourd'hui un tee-shirt R.E.M. bleu délavé, un jean déchiré et des bottes noires de pauvresse.

— Je commence par la bonne, dit Mlle Frey en retirant ses lunettes à monture sombre. Votre participation au concours du meilleur blog génère plus de messages sur le Web que le cybermagazine de la SMS n'en a jamais reçus. De toute évidence, vous avez su réveiller les esprits dans ce collège, et les élèves raffolent de vos rubriques.

L'espace d'une demi-seconde, Avalon et Halley échangèrent un regard et partagèrent discrètement un petit sourire de triomphe. Mais elles détournèrent aussitôt les yeux.

— La mauvaise nouvelle à présent…

Mlle Frey baissa la tête et promena son doigt sur le bord du sous-main en cuir de son bureau. Ses lèvres rouge foncé étaient pincées en un sourire embarrassé et ses yeux bleu pâle semblaient au bord des larmes.

— Je suis préoccupée, poursuivit-elle, par le ton médisant de certaines de vos rubriques… envers vos camarades, et surtout l'une envers l'autre.

Avalon baissa les yeux sur le bois sombre de son propre bureau et éprouva une sensation cuisante dans les mains, qui se propagea à travers tout son corps.

— Je conçois tout à fait qu'on puisse être ambitieuse, continua Mlle Frey. Mais aucun concours ne mérite le genre de rivalité que vous étalez toutes les deux au grand jour.

Avalon eut l'impression d'avoir la gorge prise dans un étau. Elle n'aurait jamais cru que les rubriques aient fait autant de ravages... Elle souhaitait prendre la parole, afin de présenter ses excuses à la prof ou dire qu'elles avaient seulement tenté d'ajouter un peu de piquant au cybermag, pour susciter l'intérêt des lecteurs. Mais la voix claire et maîtrisée de Halley brisa le silence.

— Vous avez raison, mademoiselle Frey, déclara-t-elle, tandis que ses ongles au vernis argenté pianotaient sur son bureau... chaque martèlement évoquant une minuscule flèche qui venait se planter dans le dos d'Avalon. On aurait vraiment dû se montrer plus constructives.

— Je suis enchantée de l'entendre, Halley, reprit la prof, dont le visage s'éclaircit, comme elle se levait pour se placer devant son bureau. Si vous ne respectez pas vos lecteurs, comment pouvez-vous espérer qu'ils vous traitent avec respect ?

— Impossible, en effet, admit Halley en saisissant de nouveau la balle au bond avant Avalon, qui se tourna vers elle en lui décochant un regard meurtrier. Mais il est encore temps pour nous de renverser la vapeur, non ?

— Oui Halley, lui assura Mlle Frey. Et j'espère de tout cœur que vous le ferez. Dans le cas contraire, je serai contrainte de vous disqualifier.

— Non ! s'écria Avalon qui claqua son bureau du plat de la main en s'étonnant elle-même. Je veux dire… euh… vous n'allez quand même pas être obligée de faire un truc pareil, si ?

— J'espère bien que non, dit Mlle Frey, qui pencha la tête de côté et l'observa d'un air perplexe. Jusqu'à aujourd'hui, j'étais prête à vous laisser à toutes les deux le bénéfice du doute… à mettre tout cela sur le compte de la nervosité due à la compétition.

Avalon sourit. C'était vrai, elle se montrait juste un peu moqueuse, voilà tout. Ce qu'elle écrivait, c'était seulement pour rigoler.

Franchement.

— Mais ton blog de ce matin s'est révélé particulièrement blessant, enchaîna Mlle Frey, qui regarda Avalon droit dans les yeux et la ramena à la réalité. Alors, s'il te plaît, garde bien cela en tête et réfléchis à l'image du cybermag que tu renvoies à travers tes écrits… sans parler de celle qui rejaillit sur toi. Et rappelez-vous aussi toutes les deux que vous vous êtes lancées dans ce concours ensemble. Cela signifie que vous le remporterez ou le perdrez ensemble.

— Ne vous inquiétez pas, mademoiselle Frey, reprit Halley sans se démonter. À partir de maintenant, on saura se tenir.

— Parfait, dit la prof en se tournant pour récupérer son fourre-tout marron griffé Coach derrière son bureau. Nous sommes bien d'accord, Avalon ?

— Oui oui, bien sûr, répondit celle-ci en hochant fermement la tête et en battant des paupières pour retenir ses larmes.

— Tu m'en vois ravie, dit Mlle Frey, qui rangea ses lunettes de vue dans un étui qu'elle glissa dans son sac, avant de chausser ses Dior de soleil. Eh bien, tout cela m'a donné faim. Si vous alliez grignoter un morceau pendant qu'il est encore temps, et puis je vous verrai demain ?

Halley récupéra illico sa besace par terre et emboîta le pas à la prof sans même se retourner. Avalon eut l'impression d'être un miroir brisé en mille morceaux... anéanti par la malchance. Elle devait absolument trouver un moyen de se racheter. Elle revint s'asseoir devant l'iMac qu'elle partageait avec Halley, cliqua sur le site de la SMS et fit défiler les derniers commentaires du blog. Les élèves adoraient ses attaques moqueuses à l'encontre de Halley... Certains demandaient même à Halley de riposter dans sa prochaine intervention, ce qui donna une idée à Avalon.

Silence, on tourne !

*H*alley était étendue à plat ventre dans son jardin et filmait la dernière scène du tout premier clip des Dead Romeos. Pour elle, c'était l'idéal pour oublier le blog matinal d'Avalon et leur conversation avec Mlle Frey à l'heure du déjeuner. Toute la journée, les élèves avaient fait mine d'interviewer les fringues de Halley.

« Salut, m'sieur le tee-shirt, comment vous la trouvez, aujourd'hui ? »

Tout ça respirait l'intelligence, bien sûr…

Le groupe au complet s'agitait sur le toit légèrement incliné de la vieille cabane de jeux de Halley. Heureusement, se dit-elle, que son père avait passé tant de matinées à surfer au lieu de détruire la maisonnette. Aux yeux de Halley, c'était quasiment un monument national à présent !

Tandis que leur chanson *What's in a Name* passait à tue-tête sur la minichaîne portable d'Avalon, les Dead Romeos chantaient et jouaient en play-back. Halley fit encore une dernière prise et retrouva son agréable petit nuage du lundi après-midi… avant l'arrivée de « Barbie Malibuste ». Si Wade se trouvait dans son jardin à elle et lui avait demandé de filmer son clip à lui, ça dépassait de loin les quelques minutes de trouble strictement hormonal où il avait reluqué les airbags d'Avalon, non ?

— Yeaaah ! On est des rock stars ! s'écria Mason à la fin du morceau.

Il se tenait assis sur le vieux tabouret de princesse de Halley, derrière sa rutilante batterie bleue, le tout juché sur la partie la plus plate du toit de la cabane.

Comme Wade bondissait sur le gazon, rejoint par le reste du groupe, Halley se releva et se tourna en jetant un rapide coup d'œil par-dessus la clôture du jardin. Elle leva les yeux vers la baie vitrée en arcade de la chambre de sa voisine… juste au moment où une silhouette dans l'ombre disparut de son champ de vision.

Tiens donc !

— Alors, c'est dans la boîte ? s'enquit Wade, qui s'avançait vers Halley en passant une main sur son front luisant de sueur.

Halley ne se lassait pas de le regarder et le trouvait chaque jour plus beau que la veille. Il avait légèrement modifié sa minicrête d'Iroquois et ses cheveux étaient un peu moins en pétard, ce qui lui adoucissait le visage et accentuait l'intensité de son regard sombre. Par ailleurs, tout le groupe avait adopté un look punk chic, les garçons portaient une chemise en oxford blanc à col boutonné et une cravate noire, Sofee arborant une minirobe en lamé rouge et des bottes noires aux genoux. La perfection au-delà des mots !

— Ouais, acquiesça Halley, en éloignant gentiment le Caméscope de Wade lorsqu'il tenta de s'en emparer. Mais tu verras le résultat uniquement quand le clip sera impeccablement monté !

— La vidéo sera forcément impeccable avec des dieux de la musique comme nous ! hurla Mason en flanquant une bourrade affectueuse à Evan.

Halley se demanda si Evan tressaillait sous l'effet du coup de poing ou du volume sonore.

— Rectification… des dieux et des déesses, dit Sofee qui se glissa entre le batteur et le bassiste, qu'elle entoura de ses bras, sourire aux lèvres.

Puis elle se pencha vers Halley et Wade en ajoutant :

— Sans blague, tu penses pouvoir en tirer un truc valable ?

— Absolument, affirma Halley, qui se tourna en entendant l'aboiement familier de Pucci, laquelle bondissait à travers la grille avec Avalon à ses trousses.

Halley sentit son estomac se nouer. Avalon avait l'audace de se pointer après le blog de ce matin ? Comme si Halley ne voyait pas clair dans son jeu… Après tout, elle avait fait la même chose vendredi soir en voulant interrompre la soirée « pom-pom-jama ».

— Saluuut, roucoula Avalon en s'arrêtant net devant Halley et Wade, oubliant apparemment de pourchasser Pucci qui avait décidé d'aller renifler du côté de la cabane.

Halley baissa les yeux et fixa la pelouse. Elle avait assez vu le tee-shirt blanc moulant de sa voisine avec « WHAM ! » en lettres vert fluo sur la poitrine. En outre, elle se dit qu'en détournant le regard, elle n'aurait pas à supporter une nouvelle fois la vision de Wade hypnotisé par les airbags avalonesques.

— Salut ! lança Mason, qui avait quasiment la bave à la commissure des lèvres. Avalon la fêtarde, c'est ça ? Waouh !

— Euh, ouais…, hésita Avalon.

Halley n'en pouvait plus. Il fallait qu'elle voie comment Wade réagissait.

Mais lorsqu'elle releva la tête, elle s'aperçut que Sofee et lui s'étaient éloignés vers la cabane pour ranger leurs instruments. Halley haussa les épaules en lorgnant Avalon d'un air narquois.

Normalement, Halley aurait dû se sentir totalement confiante… sauf qu'elle reconnut la petite lueur espiègle qui brillait dans les yeux marron de son ex-meilleure amie. Elle la connaissait mieux que personne… et savait sans l'ombre d'un doute qu'Avalon manigançait quelque chose.

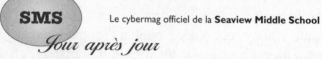
VIE SCOLAIRE SANTÉ SPORT LOISIRS CONCOURS

Une autre exclu, lulu !
Quand le placard de star devient bavard
par la Fashion Blogueuse numéro 2

Posté le mercredi 24/9 à 7 h 01

Compte tenu des réactions enthousiastes à l'interview d'hier, il va de soi qu'un coup d'œil dans la garde-robe de la Fashion Blogueuse n° 1 s'imposait ! Autant prévenir tout de suite les âmes sensibles... Les révélations qui suivent risquent de faire l'effet d'une bombe, dont l'ampleur dépassera celle de l'épisode tragique du bustier en stretch de Heather Ramo, au bal de Noël de l'an dernier.

FB2 : Dites-nous quelque chose que tout le monde ignore au sujet de la Fashion Blogueuse n° 1
TOP BABY DOLL BLEU HIDEUX
Elle nous maltraite ! Dès qu'elle s'est regardée dans le miroir, elle m'a carrément mis en lambeaux. Puis elle m'a jeté par terre et s'est mise à me piétiner...

comme si c'était ma faute si je n'étais plus à sa taille !
Quelqu'un devrait appeler SOS Fringues battues !

FB2 : Vous pensez vraiment qu'elle avait l'intention de vous faire mal ?
BUSTIER DKNY EN STRETCH
Bien sûr, ma chérie. Vous avez vu la façon dont elle m'étire sans merci sur sa poitrine ? Un peu de jugeote, voyons… Qu'elle commence par accepter ses atouts et qu'elle achète la taille au-dessus… et pas celle au-dessous !

FB2 : Peut-être trouve-t-elle les vêtements moulants plus flatteurs ?
MINIJUPE CALVIN KLEIN EN JEAN
Répétez-le, et je vous étrangle !

FB2 : Sinon, euh… y a-t-il des avantages à faire partie de la garde-robe de la Fashion Blogueuse n° 1 ?
CARDIGAN EN CACHEMIRE ROSE
Là, tout de suite… je n'en ai aucun qui me vienne à l'esprit.

Aïe ! J'ai comme l'impression qu'il est temps pour la Fashion Blogueuse n° 1 de se lancer dans un relooking extrême…

Soyez glamour avec humour,

Halley Brandon

COMMENTAIRES (227)

Waow ! Il nous reste plus qu'à savoir 1 truc : C zair-
bags, C D vrais ou D faux ?
Posté par radio-potins le 24/9 à 7 h 13.

J'me demande c'qui m'fait le plus de peine... FB1 ou
son bustier DKNY...
Posté par rockgirl le 24/9 à 7 h 32.

Fashion-Blog-o-rama !
Posté par android-girl le 24/9 à 7 h 49.

J'crois que FB1 peut défier FB2 ds 1 match de boxe.
Mais j'continue à parier que C le blog de Mark Cohen
qui va gagner...
Posté par princesse_rebelle le 24/9 à 8 h 52.

Matin chagrin

— *H*alley Amelia Brandon !
Halley retira la brosse à dents électrique de sa bouche et contempla son reflet dans le miroir de la salle de bains. C'était vraiment sa mère qui l'appelait par son nom complet à 7 h 40 ce mercredi matin ?

— Halley !

Eh bien, elle venait d'en avoir la confirmation. Halley cracha le dentifrice dans le lavabo en porcelaine, se rinça la bouche et sortit dans le couloir pour rejoindre la chambre de ses parents.

Abigail était allongée, le dos contre la tête de lit blanc. Elle posa le dernier numéro d'*Entertainment Weekly* sur la petite table de chevet, tandis que ses yeux bleu pâle se fixaient sur sa fille.

— Il faut qu'on parle, dit-elle.

— Pas de problème, dit Halley, en s'asseyant au bord du moelleux duvet de soie blanc. Qu'est-ce qui se passe ?

— Eh bien, soupira Abigail d'une voix aussi douce que la lumière des deux lampes colonnes de style asiatique, posées à même le sol. Je viens d'avoir un coup de fil de Mlle Frey.

— Euh… oui ?

Halley se demandait ce qui avait pu pousser la prof de journalisme à appeler quasiment aux aurores.

— Il semble que tu aies reçu un sérieux avertissement ? poursuivit sa mère, qui rajusta le gros oreiller blanc dans son dos et croisa ses longues jambes, dissimulées par un pantalon de pyjama ultralarge en coton bio.

— Ouais, admit Halley dans un hochement de tête. Mais je crois que tout le monde est d'accord, maintenant.

— Réfléchis bien, « Miss Fashion Blogueuse n° 2 ». J'ai lu ce que tu as écrit sur Avalon ce matin et je suis franchement choquée que tu puisses te moquer d'elle de cette façon.

— Quoi… ?

Halley balaya une mèche rebelle qui s'était échappée de sa queue-de-cheval et se redressa au bord du lit de ses parents. Elle n'avait rien posté pour le concours depuis son sondage « Vous portiez quoi, ce jour-là ? » du lundi. Elle avait prévu de rédiger le blog de ce matin en prenant son petit déjeuner… elle était trop occupée hier soir par le montage du clip et ses devoirs.

Les longs cils de ses yeux bleus se mirent à papillonner, tandis qu'elle se levait et rajustait son top camouflage à manches courtes et à capuche sur son jean slim noir.

— Mais je n'ai pas encore écrit cette rubrique, se défendit-elle.

— Dans ce cas, qui l'a rédigée, alors ? répliqua Abigail. Car quelqu'un avait des choses pas très sympas à dire au sujet d'Avalon.

— Je n'ai pas… hésita Halley avant de s'interrompre.

Il fallait obligatoirement un identifiant et un mot de passe certifié pour poster un article, et la seule autre personne à en posséder un pour participer au concours dans la catégorie « blog mode », c'était… Avalon.

Halley baissa la tête et regarda sa mère par en dessous, l'air de dire « laisse-moi-encore-une chance ».

— Je vais tâcher de trouver un moyen d'arranger ça.

— Parfait…

Mais la voix de sa mère s'estompait déjà quand Halley fila vers sa chambre.

Elle s'installa à son bureau, alluma son iMac et se connecta illico sur le site du cybermag de la SMS. Elle lut le blog d'Avalon et plusieurs anciennes rubriques, avant de trouver ce qu'elle cherchait.

Après quoi, Halley ne mit guère de temps à trouver la solution à tous ses problèmes.

VIE SCOLAIRE SANTÉ SPORT LOISIRS CONCOURS

Les stars sortent du placard !
par les Fashion Blogueuses

Posté le jeudi 25/9 à 7 h 02

OK tout le monde, l'heure de la confession est venue. Les Fashion Blogueuses ont été prises en flagrant délit de dénigrement mutuel, et il est temps pour nous de rattraper le coup et de rétablir la vérité sur certaines infos bidon divulguées sur ce blog. Vous avez dû bien vous marrer en lisant les vacheries qu'on se balançait en ligne, mais les meilleures choses ont une fin. Alors, histoire de mettre tout au clair et de faire la paix, vous trouverez ci-dessous les réponses à toutes les questions qui vous torturent l'esprit. C'est parti !

1. FB1 ne maltraite pas ses fringues. Quand elle en a marre, elle les glisse (avec soin) dans un carton et les envoie au Buffalo Exchange de Pacific Beach. (Allez faire un tour dans ce dépôt-vente ; vous aurez peut-être l'occasion d'acheter une des tenues dont elle s'est débarrassée !)

2. Les bottes de FB2 ne sont pas vraiment moches ; FB1 était juste un peu jalouse de ne pas être la première à les porter.

3. FB1 conseille vraiment de porter des vêtements moulants et des jupes ultracourtes. « C'est hyper féminin et super sexy pour draguer », affirme-t-elle.

4. La pochette Louis Vuitton de FB2 est authentique. Même que c'est FB1 qui la lui a offerte pour son anniversaire !

5. Le top baby doll bleu de FB1 n'était pas vraiment hideux, juste un peu flatteur niveau airbags.

6. Le pull BCBG de FB2 de la saison dernière était plutôt mignon, en fait.

7. Les airbags de FB1 sont-ils le fruit d'une collaboration réussie entre plusieurs chirurgiens esthétiques de haut niveau ? Voici un indice : la réponse commence par « Évid... »

8. FB2 n'a subi aucune chirurgie plastique. (Vous rigolez ou quoi ?)

On espère ainsi avoir dissipé la moindre confusion que nos précédentes interventions auraient pu susciter. Nous voilà donc de retour en ligne, prêtes à fournir les conseils mode les plus avisés à toutes celles en panne d'idées pour rester lookées.

Soyez glamour avec humour et bon shopping,

Halley Brandon et *Avalon Greene*

COMMENTAIRES (283)

J'hallucine ! Je savais bien qu'CT des faux ! J'en reviens pas qu'tu finis enfin par l'admettre.
Posté par radio-potins le 25/9 à 7 h 30.

G com l'impression qu'y a encore d'la vacherie ds l'air. Chuis pas sûre de goB l'truc genre 1-bisou-et-on-efface-tout. L'avenir ns dira si G tort, j'imagine.
Posté par D-Faitiste le 25/9 à 7 h 41.

Hé ! J'crois bien qu'G 1 de T vieux pulls acheT chez Buffalo Exchange. C toi qui leur as vendu ce cardigan Free People turquoise que tu porT ds le temps ? C dingue, si ça s'trouve j'ai un collector !!!
Posté par UglyBettie le 25/9 à 7 h 52.

Bravo ! Chuis tellemt ravie que vous ayez fait la paix, parce que je vs adore ttes les 2 !
Posté par bravissima le 25/9 à 8 h 02.

Quand les Mam's s'en mêlent

*A*valon rajusta ses lunettes de soleil D & G préférées pour se protéger de l'air marin qui lui piquait les yeux, tandis qu'elle se traînait vers l'un des terrains de volley de la plage de La Jolla. Une fois de plus, les Mam's avaient décidé de surprendre les filles après les cours. Constance n'avait donc personne à poursuivre au tribunal, ou quoi ? Et comme si partager le trajet du retour ne suffisait pas, les Mam's les avaient emmenées directement à la mer pour une partie de volley avant le dîner, histoire de mettre au point la fameuse soirée et de « passer un moment sympa ensemble » !

Avalon craignait le pire. Désormais, les moments passés en compagnie de Halley n'avaient plus rien de sympa. C'était pénible… lamentable… une vraie torture, oui ! Sympa, non. Surtout après la dernière vacherie de Halley dans leur blog de ce matin, qu'elle avait signé de leurs deux noms. Avalon allait devoir faire des miracles pour réparer les dégâts et démentir toutes les bêtises que Halley avait écrites sur elle.

La plage était incroyablement bondée pour un jeudi. Les accros du bronzage tentaient de capter les derniers rayons du soleil, une bonne demi-douzaine de surfeurs fendaient l'écume du Pacifique, tandis qu'une famille nombreuse profitait d'un pique-nique de fin d'après-midi au pied des falaises rocheuses surplombant le sable. Avalon aperçut deux jeunes femmes qui s'amusaient avec leurs petites filles – une blonde et une brune –, et elle ne put s'empêcher de penser aux moments de bonheur que Halley et elle avaient partagés avec leurs mères au même endroit. Pourtant, elles se retrouvaient là et étaient censées se comporter comme avant, comme si la destruction totale de leur amitié depuis deux semaines n'avait jamais eu lieu.

— OK, voici ce qu'on vous propose, annonça Constance, en se débarrassant de ses sandales en cuir beige près d'un des poteaux qui tendaient le filet. On a décidé de changer un peu les habitudes et de disputer un match « mères contre filles ».

Avalon et Halley gémirent en chœur. Depuis toujours, la tradition voulait que les Greene jouent contre les Brandon. Et même si Avalon redoutait de participer à quoi que ce soit avec Halley aujourd'hui, elle espérait au moins la battre au bout de quelques manches.

— Écoutez, dit Abigail d'une voix plus sévère que son look, avec son top baby doll bleu layette et son pantalon fluide noir. Nous en avons un peu marre de toutes vos disputes. Vous êtes les meilleures amies du monde et vous allez donner une soirée ce week-end pour fêter ça.

— Sauf si… vous ne parvenez pas à vous mettre d'accord et à gagner le match d'aujourd'hui, intervint Constance, impassible, qui ramena ses cheveux platine derrière les oreilles et rajusta ses lunettes de soleil.

— Ça veut dire quoi, au juste ? demanda Avalon qui croyait faire un cauchemar.

— Que l'enjeu du match, c'est la soirée de samedi, dit Constance, dont le sourire pincé aux lèvres laquées de rouge vif signifiait bien qu'elle ne plaisantait pas. Si vous perdez, pas de fête en perspective.

— Mais…, intervint Abigail, tout sourire, si vous êtes capables de faire équipe, la soirée tient toujours.

— Encore vous faut-il remporter l'épreuve ! enchaîna Constance, comme si elle se prenait pour une animatrice de supermarché.

— C'est une blague, non ? dit Halley, qui semblait aussi horrifiée qu'Avalon.

— Pas le moins du monde, répondit Constance.

— Pas du tout, renchérit Abigail.

De toute évidence, les Mam's avaient un peu trop forcé sur la télé-réalité et ses compétitions absurdes.

Avalon et Halley suivirent des yeux leurs mères qui se plaçaient de l'autre côté du filet. Avalon mordit sa lèvre fardée de gloss, en se demandant qui parlerait la première. Une mouette passa au-dessus d'elles et poussa un petit cri.

— J'aime bien ton sweat à capuche, finit par déclarer Halley en regardant Avalon droit dans les yeux.

— Merci, dit Avalon.

Cela l'encouragea à retirer son sweatshirt à rayures arc-en-ciel pour dévoiler un débardeur de gym rouge ultramoulant. Même si elle tenait plus que tout à ce que la soirée soit maintenue, Avalon ne put s'empêcher de la provoquer :

— Et mon relooking extrême, t'en penses quoi ?

— On dirait des vrais, rétorqua Halley en lorgnant la poitrine d'Avalon, sourire en coin. Ils ont l'air si naturels !

— C'est pourtant pas ce que j'ai lu, ricana Avalon, bien qu'elle eût franchement envie de glousser avec sa meilleure… euh… sa vieille amie.

— Excuse-moi, reprit Halley dans un haussement d'épaules, tandis qu'elle allait se poster devant le filet. Mais tu l'as un peu cherché.

Avalon agita sa queue-de-cheval blonde et rejoignit l'arrière du terrain de volley, tout en cherchant sa prochaine réplique.

— Frappe de service ! s'écria Constance en lançant le ballon orange fluo par-dessus le filet.

Halley et Avalon se ruèrent dessus et faillirent se percuter l'une l'autre, tandis que la balle atterrissait dans le sable de leur côté du filet.

— À nous de servir ! s'enthousiasma Abigail. Allez, les filles… faut jouer en équipe !

— On a intérêt à gagner, glissa Avalon à Halley en ramassant le ballon pour le faire rouler sous le filet en direction des Mam's. OK ?

— OK, accepta Halley en hochant la tête d'un air grave.

Avalon sourit malgré elle. Au moins elles parvenaient à s'entendre sur un point, Halley et elle. Elle avait l'impression d'avoir porté les vêtements d'une autre pendant deux semaines, avant de retrouver à présent ses bons vieux sweat-shirts.

— On va les écraser, ajouta Avalon en prenant son air le plus agressif.

— Yeaaah ! approuva Halley en plissant le nez et les yeux comme elle.

Les deux filles se claquèrent dans les mains, avant de se mettre en position. Constance envoya le ballon directement sur Avalon.

— Je l'ai ! hurla celle-ci, en le frappant à peine pour permettre à Halley de faire un smash.

Dans le camp adverse, Abigail se retrouva la figure pleine de sable en plongeant sur la balle.

— C'est pas drôle, dit-elle en se relevant et en époussetant son pantalon. Joli coup tout de même, les filles !

Motivée par la dernière phase de jeu, Avalon entreprit de réussir son premier service… puis son deuxième et son troisième. Quelques changements de jeu plus tard, l'équipe Hal-Valon caracolait en tête et les filles s'encourageaient mutuellement à grand renfort de « Bravo ! » et de « Smash d'enfer ! ».

À travers les mailles du filet, Avalon remarqua les sourires comblés de sa mère et d'Abby, tout en se demandant si un simple match de volley pouvait vraiment réparer tout ce qui était brisé. Halley et elle avaient changé désormais, tout comme leurs amies et leurs centres d'intérêt… et elles s'était fait plus de mal l'une à l'autre en deux semaines qu'au cours de toute une vie. Franchement, comment pouvaient-elles espérer rattraper le coup ?

SMS Le cybermag officiel de la **Seaview Middle School**

Jour après jour

VIE SCOLAIRE SANTÉ SPORT LOISIRS CONCOURS

Le look mortel de la tenue qui tue
par la Fashion Blogueuse numéro 2

Posté le samedi 27/9 à 7 h 15

Salut, les fêtardes... Il paraît qu'une soirée d'enfer se prépare ce soir... Même qu'elle serait organisée par vos deux Fashion Blogueuses préférées ! Si vous avez la chance d'être invitées à une fête hyper classe (comme la nôtre !), voici la liste des bons et des mauvais plans pour réussir une soirée chic et choc. Pour ma part, je sais ce que je vais porter... mais vous avez encore le temps de rattraper vos erreurs ! Alors, notez ça dans un coin de votre tête !

Bon plan : porter un ensemble que personne n'a jamais vu.
Mauvais plan : s'imaginer qu'il aura l'air flambant neuf parce que vous ne l'avez jamais mis au collège.

Bon plan : une coiffure délire crêpée, lisse, en pétard, sophistiquée !

221

Mauvais plan : délirer ne vous dispense pas d'une douche et d'un bon shampooing. Rares sont les personnes capillairement bénies des dieux qui peuvent se passer d'un shampooing quotidien, OK ?

Bon plan : l'audace, imprimés sympas, couleurs vives, un top aux épaules dénudées, des paillettes, des perles ou du strass.

Mauvais plan : ni trop ni trop peu. Évitez les accessoires avec une robe en strass, mais ajoutez un soupçon de bling-bling à une robe-bustier unie.

Bon plan : accentuez votre style perso… sexy-sympa ou rock-provok ?

Mauvais plan : ne testez pas un tout nouveau look pour la première fois… à trop vouloir changer de style, on en devient toutes cinglées.

Surtout, n'oubliez pas de traverser la salle comme si vous fouliez le tapis rouge d'une avant-première ou de la cérémonie des oscars, etc. On ne sait jamais ! Peut-être que des paparazzis vous voleront une photo qui fera la une de ce cybermag !

Soyez glamour avec humour,

Halley Brandon

COMMENTAIRES (317)

Vivement c'soir ! Ravie d'apprendre qu'Avalon et toi vs êtes redevenues les meilleures amies du monde (enfin, je crois…).
Posté par radio-potins le 27/9 à 7 h 32.

J'en connais une qui préférera être belle & rebelle, plutôt que moche & remoche, ce soir. Merci pr les bons conseils.
Posté par princesse_rebelle le 27/9 à 7 h 38.

C parti pr une super fiesta, FB2. J'te vois c'soir avec FB1 !
Posté par bravissima le 27/9 à 7 h 47.

Tt est bien ki fini bien. J'adore !
Posté par blaguapart le 27/9 à 8 h 11.

Retrouvailles… que vaille

*H*alley dévisagea Avalon, sa tête blonde nimbée par l'éclairage au néon à l'intérieur de la limousine. Le trajet en voiture avec chauffeur n'était que la première d'une série de surprises. Les Mam's avaient tout prévu pour la soirée, et les filles ne savaient pas trop quoi se dire.

C'est ce qu'on doit ressentir lors d'un premier rendez-vous, pensa Halley, tout en baissant les yeux vers le minibar situé entre Avalon et elle. *Dois-je lui proposer un verre ?*

Comme elle respirait l'odeur de cuir neuf, mêlée au parfum doux et frais qu'Avalon et elle préféraient – « Coco Mademoiselle » de Chanel –, Halley tenta de se concentrer sur les meilleurs moments de ces deux derniers jours. Elles avaient battu les Mam's à plate couture au volley ; elle s'étaient souri deux fois au collège hier ; elles avaient passé la soirée de la veille à aider les Mam's à rassembler les fournitures pour la fête… Mais elles baignaient à présent dans une sorte d'état intermédiaire, où elles ne pouvaient revivre le

224

passé mais ne savaient pas non plus comment envisager le futur.

— Ton look est trop génial, finit par dire Avalon en posant doucement la main sur ses genoux.

— Merci, dit Halley en souriant.

Elle portait une robe baby doll bleu pâle en mousseline.

— Et toi, t'as l'air d'un oscar ! ajouta-t-elle.

— C'est ce que je me suis dit en me voyant dans la glace ! répliqua Avalon, radieuse dans sa robe débardeur en lamé or. Tu crois que j'aurais dû relever mes cheveux ?

— Nooon, lui assura Halley en secouant sa chevelure brune ondulée. Je trouve plutôt sympa qu'on les porte toutes les deux lâchés. Après avoir lu ma rubrique, la plupart des filles ont dû se lancer dans des coiffures délire.

— C'est vrai.

Avalon et Halley soupirèrent en chœur, puis éclatèrent de rire.

— Oh, la, la, pourquoi je suis aussi nerveuse ? dit enfin Halley en portant un doigt à sa bouche… prête à mordiller son ongle laqué de vernis baie sauvage.

— Et moi, donc ! renchérit Avalon dans un sourire épanoui, tout en lui donnant une petite tape sur la main pour l'éloigner de sa bouche.

Halley la remercia d'épargner sa nouvelle manucure en souriant à son tour.

— J'essaie de ne pas trop miser sur cette soirée, mais je veux vraiment que tout soit parfait, ajouta Avalon, qui croisa les jambes et fit claquer une de ses sandales dorées sur la plante de son pied.

— Moi aussi, approuva Halley.

Ce n'était pas seulement le fait de se retrouver seule avec Avalon qui la rendait nerveuse. Elle luttait aussi contre le trac qui lui nouait le ventre à cause de la présence de Wade à la fête. Elle avait même rêvé de lui dans la nuit… il l'entraînait gentiment dans un coin isolé de la terrasse et, sous la lune qui illuminait son beau visage et ses cheveux noirs en bataille, il se penchait vers elle et lui donnait son premier vrai baiser.

Halley souhaitait en parler à Avalon, mais comme elle n'était pas très sûre de sa réaction, elle préféra s'abstenir.

Avalon ouvrit la pochette noir et or posée près d'elle sur le siège de la limousine et en sortit un petit coffret rouge orné d'un ruban blanc.

— J'ai pris ça pour nous…

D'une main tremblante, Halley s'empara de l'écrin.

— Pour nous ? répéta-t-elle en plissant le front.

— Ouvre-le, dit Avalon en souriant.

Halley défit le ruban et souleva le couvercle. Elle découvrit à l'intérieur deux adorables chaînes en or, chacune avec un petit pendentif où il était gravé : « Meilleures ennemies ».

Halley éclata de rire. C'était complètement fou et incroyablement bien trouvé.

— J'ai vu ça hier et j'ai pensé à nous, expliqua Avalon en lui décochant un clin d'œil.

— Je trouve ça super ! répondit Halley en l'aidant à agrafer son collier, avant de se tourner pour qu'Avalon lui rende la pareille.

— Donc…

Halley croisa le regard d'Avalon, dont les yeux brillaient. Elle sentait des picotements dans le nez, comme si elle respirait un verre de Diet Coke plein de bulles. Même si elle pleurait de joie, elle se moquait de saboter son maquillage de pro.

— On fait une trêve ?

Avalon ne dit rien pendant quelques secondes.

— Aux meilleures ennemies du monde ! finit-elle par s'exclamer.

À présent, la fête pouvait commencer !

Surprise, surprise...

Toute la terrasse du Georges était transformée en décor de défilé de mode. Respirant le doux air océanique à pleins poumons, Avalon virevolta dans la salle pour bien s'imprégner de l'ambiance. Tout au bout se dressait une grande scène blanche avec une banderole proclamant : FIESTAMITIÉ. Chaque lettre était formée par différentes griffes de créateurs, comme le monogramme Louis Vuitton et le logo Chanel. Sur les côtés s'affichaient deux couvertures géantes de *Vogue* avec les photos de Halley et d'Avalon et des titres comme « L'élégance dès la naissance ! » et « L'amitié est toujours à la mode ! ». Un long podium blanc partait de la scène pour rejoindre le centre de la piste de danse à damier noir et blanc. Ici et là étaient installées des silhouettes en carton représentant les deux filles grandeur nature dans leurs tenues préférées, à des âges différents. On avait disposé des lampadaires chauffants un peu partout, ce qui donnait une atmosphère tropicale à la fraîcheur du soir, de même que des lanternes multicolores étaient suspendues entre les palmiers en pot. Comme si ce décor incroyable ne suffisait pas, le soleil allait bientôt se coucher sur la côte de La Jolla, enveloppant la vue panoramique d'un majestueux bleu nuit violacé, strié d'orange flamboyant.

— On était mignonnes, non ? dit Halley, sourire aux lèvres, tandis qu'Avalon et elle regardaient leurs portraits à l'âge de cinq ans.

Du bout de ses doigts aux ongles dorés, Avalon effleura la petite robe Pucci rose et vert, que sa mère lui avait fait faire sur mesure pour son troisième anniversaire.

— On était les bébés les plus chic du monde.

— Plutôt réussie, la déco, non ? intervint la mère d'Avalon, plus éclatante que jamais dans son fourreau rouge et or, son carré platine relevé sur le côté à l'aide d'une barrette incrustée de diamants.

— Mais venez donc voir ça ! dit Abigail en frappant dans ses mains.

Avec sa robe foulard en soie chamarrée à fines bretelles, elle incarnait le style hippie chic dans toute sa splendeur.

Les Mam's se prirent par la main et entraînèrent leurs filles vers la scène. Toutes les quatre levèrent la tête pour regarder les films tournés en famille qui passaient en boucle sur l'écran de télé géant.

— Oh ! tu te souviens de ce goûter d'anniv' ? dit Halley en prenant l'épaule d'Avalon dorée par le soleil.

— Comment je pourrais l'oublier ? répliqua Avalon en riant devant les images où Halley et elle étaient poussées dans la piscine des Greene, après une bataille de gâteaux au chocolat. On était si petites à l'époque !

— Une dernière surprise, maintenant ! reprit Constance.

Abigail et elle conduisirent les filles à la cabine en cuir blanc du disc-jockey, où un gars avec des écouteurs surdimensionnés sur les oreilles préparait ses albums et procédait aux derniers réglages sur son MacBook Pro couleur argent.

— Je vous présente B-Prime ! annonça Abigail en passant la main dans ses cheveux auburn.

Puis elle murmura aux filles :

— DJ AM avait un mariage à animer en urgence, mais il m'a confié que B lui avait appris tout ce qu'il savait…

— Hé ! hé ! Salut les filles ! s'écria le DJ dans un mélange d'accents français, espagnol et italien, tandis qu'il ôtait son casque pour tendre les bras, en pointant les index dans leur direction.

Avalon lança un regard à Halley, en priant pour qu'elle ne la fasse pas rire. Le disc-jockey avait des cheveux blond cendré, coupés à la Bee Gees époque disco, un nez à la Owen Wilson, un drôle de bronzage orangé inégal, et une pilosité faciale pour le moins bizarre. Sans parler de sa chemise en soie blanche, un peu trop ouverte sur la quantité phénoménale de poils sur son torse.

— Merci beaucoup à vous ! s'exclamèrent les filles à l'unisson en serrant fort les Mam's dans leurs bras.

Puis elles s'empressèrent de les faire déguerpir au rez-de-chaussée, où les parents avaient promis de rester la majeure partie de la soirée.

Les invités commencèrent à arriver, mais personne n'évoqua la séparation-réconciliation du duo Hal-Valon. Cela dit, il y avait des tas de choses à regarder, les sujets de conversation ne manquaient pas, et il sautait aux yeux que les filles s'étaient rabibochées. À force de sourire, Avalon crut que sa mâchoire allait rester coincée.

— Magnifique soirée ! s'extasia Brianna en étreignant Halley et Avalon, tandis qu'une serveuse passait entre les convives avec un plateau en argent, rempli de bouchées au crabe.

— C'est sympa, hein ? répliqua Halley.

Avalon n'en revenait pas de la voir aussi agréable en présence de Brianna, même si la capitaine des pompom girls aurait plutôt mérité un beurk avec sa robe longue de style princesse jaune canari. Elle se croyait au bal des débutantes, peut-être ?

— C'est génial ! s'enthousiasma Sydney, tout excitée, en écarquillant ses yeux violets. J'adore la musique !

Ce soir, elle avait dit adieu au look caniche à pompom, mais ressemblait davantage à une poupée de porcelaine avec ses cheveux lissés et son adorable robe Empire couleur turquoise.

— Merci ! dit Avalon, tout en jetant un œil sur les convives qui dansaient de part et d'autre du podium.

Radieuse, Halley croqua un minitaco au poisson. Elle froissa en boule une serviette en papier personnalisée avec l'inscription « Fiestamitié » en lettres bleues et marron, puis sursauta un peu en portant son regard vers l'entrée de la salle.

— Quoi ? dit Avalon.

— Oh, c'est juste que…

Mais Avalon avait compris. Les Dead Romeos venaient d'arriver.

— Tu devrais aller les saluer, lui suggéra-t-elle.

Avalon n'était pas une grande fan de Sofee, dont la robe débardeur argentée et les bottes noires vernies méritaient à peine un « limite », mais cette soirée était censée fêter l'amitié, alors…

— Oui, t'as raison, admit Halley. Merci, ajouta-t-elle en pressant le bras d'Avalon avant de se diriger vers le groupe de musiciens.

Aux alentours de 9 heures du soir, Avalon regarda sa meilleure amie monter sur la scène, où les Dead Romeos venaient de finir d'installer leur matériel.

— Salut tout le monde, dit Halley dans le micro, tout en souriant à l'assemblée. Avalon et moi tenons à vous remercier d'être venus. On espère que vous passez tous un bon moment.

Avalon était si fière de son amie… stupéfiante d'élégance et d'assurance.

— Eh bien, sachez qu'on vous a réservé quelques surprises, poursuivit Halley, tout sourire. J'ai non seulement le plaisir de vous présenter les Dead Romeos qui vont jouer pour nous… mais je suis tout aussi excitée de vous offrir en exclu leur tout premier clip… que j'ai mis en scène, bien sûr !

Tandis que les applaudissements crépitaient, Mason frappa ses baguettes et lança :

— Un, deux… Un, deux, trois, quatre !

Les Dead Romeos commencèrent leur chanson, Wade caressant le micro de sa voix veloutée. Même Sofee semblait totalement à l'aise avec sa guitare rouge cerise.

Avalon s'intéressa alors à la vidéo qui passait sur l'écran géant installé derrière le groupe. Sauf que le clip n'avait rien à voir avec ceux que diffusait MTV… et encore moins avec ceux de VH1.

Tout simplement parce que Avalon en était la vedette !

L'image la montrait au ralenti en train d'exécuter son enchaînement au sol pendant l'entraînement de gym… le jour où elle avait quitté l'équipe. Les Dead Romeos continuaient à jouer devant le téléviseur et les airbags d'Avalon rebondissaient au rythme de la chanson.

Elle se figea sur place quand sa poitrine en gros plan occupa la totalité de l'écran plasma. Elle eut soudain l'impression de se retrouver dans la maison hantée d'une fête foraine, sauf que c'était pas rigolo du tout. Autour d'elle les voix semblaient déformées, effrayantes, et les visages distordus, diaboliques. Tous les invités paraissaient se moquer d'elle... Pourquoi se gêneraient-ils, d'ailleurs ? C'était un vrai monstre ambulant... une collégienne dont tout le monde pensait qu'elle s'était fait refaire les seins !

On pouvait peut-être ricaner sur ses doudounes dans une rubrique du cybermag, mais les passer au ralenti et en gros plan sur l'écran géant d'une soirée... de sa soirée !... c'était une autre paire... de manches.

Halley venait de s'afficher ouvertement comme sa meilleure ennemie.

Avalon croisa les yeux effarés de Brianna, Sydney, et de la plupart des autres pom-pom girls... « Qu'est-ce que tu vas faire ? » semblaient dire leurs regards. Même Lizbeth, du cours de journalisme, articula les mots « Ça va ? » en silence, tandis que ses cheveux roses crêpés flottaient dans la brise océane. Avalon inspira un grand coup, redressa les épaules et arbora son plus beau sourire pom-pomesque. Personne, et surtout pas Halley, ne la verrait verser une seule larme.

— Quand ça moule, c'est plus cool ! s'écria un garçon, tandis qu'elle se frayait un chemin pour grimper sur scène.

Tout ça n'était évidemment qu'un coup monté qui faisait partie du plan démoniaque de Halley.

Celle-ci pensait peut-être l'emporter, mais elle avait sans doute oublié un truc essentiel concernant son ex-meilleure amie... à savoir qu'Avalon ne tombait jamais à terre sans s'être battue.

La riposte

Sur la piste, Halley se retrouvait coincée au milieu d'une masse de danseurs, incapable de savoir quelle attitude adopter. D'un côté, elle souhaitait traverser la terrasse au pas de course, descendre les marches à toute vapeur et filer se réfugier dans la limousine, et de l'autre, elle aurait volontiers balancé le lecteur de DVD dans le Pacifique. Comment un truc pareil avait-il pu se produire ? Elle avait probablement dû transférer le mauvais fichier, mais parmi toutes les vidéos non musicales, pourquoi avait-il fallu que ça tombe sur celle de la gym avec Avalon et sa poitrine ?

Halley finit par s'approcher de la scène, mais au moment où elle parvint au bord du podium, une sorte d'éclair doré passa dans son champ de vision et elle s'arrêta net. Halley regarda Avalon s'avancer d'un pas décidé vers le lecteur DVD, puis presser la touche « Stop ».

Les Dead Romeos cessèrent de jouer, chacun d'entre eux se demandant ce qui pouvait bien se passer. Avalon arracha le micro de la main de Wade.

— Yeaaah ! hurla-t-elle en tendant le bras vers le ciel, comme si l'équipe de foot venait de marquer un point. On s'est bien marrés, pas vrai ?

Halley n'en croyait pas ses oreilles.

— Alors, pour tous ceux qui se posent encore la question… Oui, ils sont vrais !

Avalon riait un peu trop fort, en bombant tellement la poitrine que sa robe en lamé miroita sous les spots, en créant un double effet de boule à facettes.

— C'est les Golden Globes ! cria une voix masculine quelque part dans la foule.

La remarque suscita encore des sifflets et des acclamations, surtout parmi les garçons.

Avalon gloussa comme jamais Halley ne l'avait entendue glousser.

— Je suis vraiment désolée d'interrompre les Dead Romanos… euh, Romeos, je veux dire… mais avant qu'ils ne continuent, Halley et moi, on a encore une surprise…

Halley était comme paralysée. Où Avalon voulait-elle en venir avec ce petit numéro ? Elle était vraiment ravie d'avoir attiré l'attention avec cette vidéo ? Réflexion faite, Avalon avait en effet provoqué Wade avec ses airbags. Était-ce la nouvelle version pom-pomesque d'Avalon… celle que Halley n'avait pas franchement fréquentée depuis plus de deux semaines ?

— Halley… viens par ici, tu veux ? reprit Avalon en scrutant les visages, jusqu'à ce qu'elle croise le regard de Halley.

Les invités lui donnaient des petites tapes dans le dos en lui chuchotant de la rejoindre. D'un pas hésitant, elle monta donc sur la scène et se plaça aux côtés d'Avalon, qui roulait des épaules face au public, comme pour montrer qu'elle accusait super bien les coups.

— On meurt d'envie de chanter pour vous, les amis... et donc..., enchaîna Avalon en décochant à Halley un sourire hollywoodien, Halley a écrit une chanson... à propos de quelqu'un qu'elle apprécie tout particulièrement. Alors écoutez bien les paroles. On espère que ça vous plaira autant que ce garçon lui plaît ! DJ, vous pouvez lancer *Beautiful* sur votre platine ?

En entendant les premières notes de la chanson de Christina Aguilera, Halley sentit une sueur froide et la panique l'envahir. B-Prime s'avança vers elle et lui tendit un micro, qu'elle tint mollement, le bras ballant contre la cuisse.

Halley avait l'impression d'avoir les pieds pris dans un bloc de ciment et la gorge pleine de boules de coton... du genre super gonflantes pour le démaquillage. Elle crut défaillir sous la nausée qui chavirait son estomac. Halley savait que les Dead Romeos se tenaient debout juste derrière elle, au point qu'elle sentit quasiment le regard de Wade lui transpercer le dos, alors qu'Avalon insistait :

— Qu'est-ce que t'attends, Halley ?... Si tu chantes pas, je crois que je vais devoir me lancer à ta place...

Et elle le fit en roucoulant :

« Oh, Wade, tu es beau, si beau aujourd'hui.
J'adore tes yeux, j'adore tes cheveux.
Oh, Wade, tu es beau comme un Dieu.
Je suis si heureuse d'avoir enfin trouvé
… tout cet amour qui nous réunit. »

Halley ne pouvait croire qu'Avalon ait pu retenir… et répéter mot pour mot les paroles de la chanson qu'elle avait chantée en privé dans sa chambre.

Elle ne voulait pas se retourner et voir les Dead Romeos se moquer d'elle. Pas plus qu'elle ne souhaitait croiser le regard des invités qui acclamaient Avalon ou dévisageaient Halley comme la pauvre groupie follement amoureuse du chanteur. Une seule envie la tenaillait, oublier toute cette soirée… Pour commencer, il lui fallait donc fuir.

Halley lâcha le micro et traversa le podium à toutes jambes, tandis qu'un son strident résonnait dans les haut-parleurs. Arrivée au bout de la piste, elle continua à courir encore et encore.

Match nul

Avalon observait par la fenêtre la lune qui miroitait au loin sur l'océan ténébreux. Cachée dans une petite salle du rez-de-chaussée, elle était allongée sur un banc en bois clair et serrait dans ses bras l'un des coussins ivoire. Le brouhaha des rires de ses parents, le cliquetis des couverts et le bruit étouffé des Dead Romeos qui jouaient sur la terrasse la déprimaient encore plus. Le cerveau en ébullition, elle entortilla une longue mèche de cheveux blonds autour de son index.

Pourquoi Halley avait-elle passé la vidéo de l'enchaînement de gym au lieu du clip des Dead Romeos ? Et pourquoi agir ainsi quand tout semblait aller beaucoup mieux entre elles ? Avalon oserait-elle un jour se montrer de nouveau au collège... auquel cas, les élèves allaient-ils la regarder en face ou bien auraient-ils les yeux fixés sur ses gigantesques airbags ?

Elle avait fait bonne figure, comme si le coup de la vidéo surprise ne l'avait pas dérangée. Pourtant, au fond d'elle-même, elle avait l'impression que tout son univers partait en lambeaux. Et pas seulement à cause du tour que lui avait joué Halley, mais aussi pour ce qu'elle lui avait fait. Avalon tentait de se raisonner, en se disant que Halley l'avait bien mérité, qu'elle l'avait bien cherché... Mais ça ne l'aidait pas vraiment.

— Hé, tout le monde se demande où t'es passée ! s'exclama Brianna en flottant dans la pièce comme une espèce de fée jaune canari... sans la baguette magique.

Elle s'assit sur le banc, près des pieds nus d'Avalon, et ajouta :

— Je pensais que tu faisais juste une pause-pipi ou un truc dans le genre.

Avalon fronça les sourcils et resserra le coussin sur sa poitrine.

— Qui peut avoir envie de se retrouver là-haut avec moi, maintenant ?

Brianna inclina la tête et la dévisagea de ses yeux sombres en amande :

— C'était franchement dur, le coup de la chanson.

— Comment elle a pu me faire ça à moi ? dit Avalon en contemplant la moquette grise où elle avait jeté ses sandales dorées. T'imagines jusqu'où les gens peuvent aller dans la vacherie ?

Brianna lui jeta un regard oblique.

— Je crois que les invités ont trouvé la vidéo plutôt marrante... comme si c'était une blague entre Halley et toi, ou quelque chose comme ça. Tu en as bien rigolé devant tout le monde, je dois dire. Et ton enchaînement au sol était carrément incroyable.

Avalon n'en revenait pas que Brianna puisse détourner la conversation sur ses aptitudes de gymnaste.

— On aurait dit le clip gagnant de *Vidéo Airbag…*

Brianna ébouriffa la mousseline de sa robe.

— Tu vois ? T'arrives encore à en rire, ça veut bien dire que c'était pas si terrible. Mais ce que tu as fait à Halley… Honnêtement, je me demande comment je réagirais si quelqu'un révélait à tout le monde que je craque pour un garçon bien précis, alors qu'il se trouve justement là.

Avalon ne sut quoi dire. Elle allait faire remarquer que Halley avait commencé, mais ça lui donnait l'impression d'être une gosse de sept ans qui essaie de trouver des excuses pour s'éviter une punition.

— C'est juste que…, hésita Brianna, qui haussa ses épaules constellées de paillettes et secoua la tête, je croyais que Halley et toi, vous étiez amies.

— On l'était…, précisa Avalon, enfonçant presque un ongle doré dans le bois tendre du dossier du banc.

— Mais on ne répare pas une injustice par une autre, observa la capitaine des pom-pom girls en écarquillant les yeux d'un air sérieux. Tu aurais dû prendre de la distance et passer l'éponge. J'ai cru que tu le ferais, jusqu'à ce que tu chantes cette chanson.

À n'importe qui d'autre, Avalon aurait rétorqué qu'elle n'avait pas besoin qu'on lui fasse la leçon à grands coups de dictons et de clichés à la noix.

Brianna se pencha de nouveau vers elle, prête à la faire encore profiter de sa grande sagesse :

— Réfléchis en termes d'énergie positive et négative. Être une pom-pom girl, c'est être positive. Quand une fille de l'équipe fait quelque chose de négatif, ça rejaillit négativement sur nous toutes. Le mauvais tour que tu as joué à Halley va à l'encontre des idées qu'on défend… et ça pourrait avoir de graves répercussions sur toute l'équipe.

Alors à quoi rimaient tous ces cris de guerre avec le mot « lutte » pour soutenir les Lions ou narguer l'équipe adverse ? Soutenir son camp, ça ne se résumait pas à une simple histoire de gagnants contre perdants ? Et que dire de Halley et de son énergie négative à elle ? Est-ce qu'Avalon ne s'était pas tout bonnement défendue contre une Halley Brandon hyper agressive ?

— Tâche d'y réfléchir, conclut Brianna avant de se lever pour s'en aller.

Avalon voulut la rappeler. Pourquoi la capitaine des pom-pom girls ne voyait-elle pas les choses du point de vue d'Avalon ? Si Brianna ne la comprenait pas, si Halley ne la comprenait pas non plus… alors, qui pourrait bien la comprendre un jour ?

Mais Brianna disparut dans un bruissement de mousseline jaune canari… tandis qu'Avalon perdait tout espoir de remplir la case « meilleure amie », désespérément vide à présent.

La révélation

I *nspire par le nez, expire par la bouche… Ins-*
pire par le nez, expire par la bouche. Halley
ferma les yeux et se concentra sur sa respiration
comme le lui avait enseigné le prof de yoga de sa
mère. Chaque fois qu'elle reprenait son souffle, elle
s'imprégnait de l'odeur de cuir neuf de la limousine.

Cela faisait une demi-heure qu'elle avait quitté la
fête. Mais sitôt qu'elle envisageait d'y retourner, elle
entendait les rires et les moqueries qu'elle allait devoir
supporter, à cause de la version d'Avalon « Aguilera »
Greene de *Beautiful*.

Halley promena sa main sur le cuir jaune pâle du
siège et songea à la manière dont la soirée aurait pu
se dérouler…

Elle aurait repéré Wade à l'autre bout de la salle,
ses yeux d'onyx étincelant en la voyant. Il lui aurait
dit qu'il la trouvait absolument divine, puis ils auraient
plaisanté sur les deux ou trois morceaux des Wriggles
à ajouter au répertoire des Dead Romeos. Il lui aurait
demandé de jeter un œil sur une nouvelle chanson

qu'il venait d'écrire, puis il lui aurait lu les paroles et elle aurait compris que c'était une chanson d'amour… rien que pour elle. Et juste au moment où ils allaient s'embrasser, Mason se serait mis à hurler : « Des bouchées au crabe ! J'adore les fruits de mer ! »

Halley chassa l'image du batteur de son esprit et revint à celle de Wade noyant son regard dans le sien… Et ils s'embrassaient enfin.

Le grincement soudain de la portière qui s'ouvrait arracha Halley à sa rêverie. Elle papillonna des paupières, comme Sofee grimpait dans la voiture ; sa minirobe débardeur argentée miroita sous la lumière, lorsqu'elle s'assit sur le siège en face de Halley.

— Tu m'as fait peur, dit celle-ci dans un sourire timide.

— Oh, c'est pour ça que tu as fui la soirée ? répliqua Sofee, tout sourire.

— Euh… non, bien sûr.

Halley apprécia sincèrement la blague. Peut-être qu'elle finirait par trouver un moyen de tourner cette histoire en dérision. Peut-être même que Sofee était passée lui transmettre un message de la part de Wade ? Peut-être qu'il avait trouvé tout ça très marrant ? Peut-être même qu'il aimait la chanson ? Et peut-être qu'il lui en avait écrit une spécialement pour elle aussi ? Elle dévisagea Sofee, pleine d'espoir.

— On a fini de jouer nos morceaux, lui annonça celle-ci. Les gens ont vraiment apprécié.

— Désolée d'avoir raté ça, dit Halley dans un froncement de sourcils.

Elle pencha la tête et ses longs cheveux bruns ondulés tombèrent en rideau devant son visage.

— Ouais…, soupira Sofee. Mais je peux comprendre pourquoi tu t'es sauvée.

Halley fixa les bottes noires vernies de Sofee, sans trop savoir comment réagir.

— À ta place, j'aurais tué Avalon.

— Crois-moi, j'y pense sérieusement, dit Halley en esquissant un sourire.

— En tout cas, la bonne nouvelle, c'est que Wade te trouve géniale.

Le cœur de Halley se mit à battre à mille tours par minute. Ça y est ! Sofee était en effet venue lui apporter un message. Peut-être que Wade attendait à l'extérieur qu'on l'invite à entrer. Pour un peu, Halley devrait presque remercier Avalon.

— Et moi aussi, continua Sofee, avant de s'interrompre pendant une éternité. Et Evan aussi… de même que Mason. Mais le hic, c'est que… enfin, euh…

Quoi ? Quoi ? Quoi ?

— Bon sang, j'aurais dû te le dire plus tôt, reprit Sofee, soudain nerveuse.

— Quoi ? finit par demander Halley, qui n'en pouvait plus.

— Hmm… Wade et moi… on sort ensemble, en fait.

Halley s'affala contre le dossier. Wade et Sofee formaient un couple ?

— Je sais, je sais…, dit Sofee en secouant la tête, l'air de s'excuser. Ça fait à peine une semaine, je veux dire… et je voulais attendre un peu avant d'être sûre… Par superstition, tu vois ?

— Ouais, c'est normal, reprit lentement Halley.

Assise près de Sofee, elle se sentait comme une gamine dans sa robe baby doll bleu layette.

— Enfin, c'est super, rectifia-t-elle. Je suis vraiment contente pour toi.

Sofee se pencha vers elle :

— Mais, la chanson… ?

— Ooooh, ça ! gloussa Halley en agitant la tête pour réussir son petit effet. C'est un truc que j'ai complètement inventé, histoire de rigoler !

Dès que les mots s'échappèrent de ses lèvres, elle comprit que c'était le mensonge le moins crédible de toute l'histoire des mensonges destinés à sauver la face !

Sofee la regarda en dressant les sourcils… dont un portait une nouvelle petite boucle argentée.

Peut-être que c'était vraiment une dingue du piercing, tout compte fait.

— Je te jure ! insista Halley en hurlant presque, dans l'espoir qu'en haussant le ton elle paraîtrait plus convaincante. J'ai ab-so-lu-ment aucun sentiment pour ton petit copain.

— OK, c'est cool, dit Sofee en hochant la tête, sourire aux lèvres, même si Halley devinait qu'elle ne la croyait pas. Désolée si ça complique un peu les choses.

— Pas du tout, lui assura Halley en secouant vigoureusement la tête. Pour ne rien te cacher, je comptais t'inviter à dormir chez moi après la fête, car je voulais te montrer le vrai clip que j'ai réalisé pour vous quatre. Celui qui a été diffusé sur l'écran, c'était évidemment un accident.

— Ouais, je me demandais ce qui se passait, dit Sofee. Mais… euh… on a un million de trucs à faire ce soir. Une autre fois, peut-être ?

— Pas de problème, répondit Halley en s'efforçant de sourire, tandis que Sofee sortait discrètement de la limousine.

Elle lui fit un petit signe de la main et ferma la portière, laissant Halley seule avec ses pensées. Elle n'en avait que trois en tête…

Ce n'était pas en faisant des exercices respiratoires ou en rêvassant bêtement qu'elle mettrait de l'ordre dans sa vie qui tournait au désastre.

Elle devait sérieusement passer à l'attaque pour se venger d'Avalon et rétablir sa propre réputation.

Elle n'avait plus une minute à perdre.

Poème d'humour
par la Fashion Blogueuse numéro 2

Posté le dimanche 28/9 à 7 h 01

Apparemment, c'était un week-end spécial « révélations », et peut-être que certains d'entre vous ont compris que j'aimais mettre mes pensées les plus intimes en musique. Quant à ceux qui occupaient le premier rang, au moment du « karaoké » d'hier soir, sachez que la chanson était bidon et uniquement destinée à la rigolade. Cette fois, j'ai décidé d'écrire un poème chic et choc rien que pour toi, la Fashion Blogueuse nº 1. Si tu te sens encore d'humeur à pousser la chansonnette, je te laisse le choix de la musique…

Faux-semblant
Toi, la Barbie Malibustée,
Ton sweat de pom-pom sent mauvais.
Tu te crois toujours la meilleure.
T'as vu ton look ? Tu nous fais peur !
Tu te crois toujours la plus fun.
Regarde-toi, t'es qu'une bouffonne !

Tu te crois toujours la plus star,
Mais ton humour est trop ringard.
Tu oses me parler d'amitié,
Mais tu détestes le monde entier.
Moi qui te prenais pour ma sœur,
J'ai découvert une fille sans cœur.

C'est tout pour aujourd'hui. J'espère que vous avez passé un super week-end. Demain, vous aurez droit à un compte rendu complet des soirées les plus *fashion* du samedi. D'ici là...

Soyez glamour avec humour,

Halley Brandon

COMMENTAIRES (232)

Ben j'te trouve encore trop sympa après c'qui C paC à la soirée. Vas-y, lâche-toi, Hal ! Et n'oublie pas 1 truc : y a pas de honte à craquer pr le gars le + sexy du collège. J'te soutiens à 110 % !
Posté par rockgirl le 28/9 à 7 h 12.

G entendu dire que t'aV eu c'que tu mériT après l'coup du Vidéo Gag. À moins qu'ce soit Vidéo Airbag ? Tu C quoi ? Tu devrais le mettre en ligne sur youtube.com !
Posté par radio-potins le 28/9 à 7 h 39.

C quoi, c'blog ? Vs êtes tjrs copines ou pas ? J'arrive plus à suivre, moi. Et les conseils mode, y sont où ?
Posté par look_d_enfer le 28/9 à 7 h 46.

SMS

Le cybermag officiel de la **Seaview Middle School**

Jour après jour

Dernière mise à jour du week-end
par la Fashion Blogueuse numéro 1

Posté le dimanche 28/9 à 7 h 52

Veuillez ne pas tenir compte de la rubrique précédente de ma coblogueuse. Dès cet après-midi, elle sera admise dans un établissement réservé aux malades mentaux, et nous vous demandons de respecter sa vie privée pendant cette période difficile.

Bon shopping,

Avalon Greene

COMMENTAIRES (192)

Ha ! À ta place, j'imagine que j'aurais aussi besoin d'me faire interner après ta chanson bidon… ou alors je changerais simplement de collège. De la Fiestamitié à la Fiesta ratée !
Posté par love_me-love_moi le 28/9 à 7 h 57.

C vrai que tu vas vendre ton soutif aux enchères pour financer le traitement de Hal ? Tu devrais. C la moindre des choses.
Posté par justinTimberGirl le 28/9 à 8 h 12.

Faut jamais révéler l'nom du gars qui fait craquer une copine. C'que t'as fait est im-par-don-nable. J'soutiens Halley à mort !
Posté par primadonna le 28/9 à 8 h 29.

Oubliez l'blog de Mark Cohen. Le sport, C ici qu'ça s'passe. J'en veux encore !
Posté par princesse_rebelle le 28/9 à 8 h 31.

Le coup de grâce

Un éclair illumina la chambre d'Avalon et l'arracha à sa sieste du dimanche après-midi. La pluie crépitait comme si quelqu'un lançait des cailloux sur la baie vitrée en arcade. Elle respira l'odeur suave et citronnée de sa bougie parfumée qui se consumait sur sa table de chevet. Sa flamme projetait de longues ombres sinistres sur les couvertures de magazines de mode encadrées et suspendues au mur ivoire.

Tout ce qu'elle souhaitait, c'était se pelotonner sous sa couette à rayures miel et crème et dormir pendant le reste de l'année scolaire. Mais des coups tambourinés à sa porte lui assurèrent qu'elle ne pouvait guère opter pour cette solution.

— Quoi ?

Tout en marmonnant, elle traversa à pas feutrés l'épaisse moquette blanche et resta interloquée en ouvrant brusquement la porte.

— Descends au salon ! ordonna sa mère d'un ton ferme. Tout de suite !

— Pourquoi ? demanda Avalon en essayant de ne pas avoir l'air trop agacée.

Elle n'avait même pas raconté à ses parents ce qui s'était passé la veille au soir, mais s'était contentée de dire qu'elle préférait rentrer avec eux plutôt qu'en limousine avec Halley.

— Dépêche-toi ! répliqua Constance, impassible, dont les mules en cuir noir tournèrent les talons et s'éloignèrent d'un pas décidé dans le couloir. Tout le monde t'attend.

— Comment ça, tout le monde ? reprit Avalon en suivant sa mère dans l'escalier en bois sombre.

Avant même d'atteindre la dernière marche, elle avait sa réponse. Halley et ses parents étaient installés sur l'énorme canapé bordeaux, tandis que son père à elle occupait l'un des fauteuils assortis. Et personne ne regardait Avalon. Car sur le siège voisin de celui de Martin Greene était assise… Mlle Frey !

Sous son sweat à capuche gris anthracite, Avalon eut l'impression qu'on avait soudain monté le thermostat. La sueur commençait à perler le long de son dos.

— Euh… bonjour mademoiselle Frey, dit-elle en chevrotant.

Elle s'éclaircit aussitôt la voix et essuya ses mains moites sur son pantalon.

— Bonjour Avalon, dit la prof de journalisme dans un petit sourire pincé.

Contrairement à son habitude, elle portait une tenue plutôt décontractée : pantalon large couleur camel, longue tunique blanche avec gros ceinturon en cuir noir et sandales à lanières.

Il n'existait rien de plus bizarre que de voir les profs à l'extérieur de leur habitat scolaire naturel. C'était un peu comme des stars sans maquillage… Le mystère volait en éclats.

Cinq mugs étaient posés sur la table basse au milieu de la pièce, de même qu'il restait trois assiettes entamées avec du raisin et des cookies sur le plateau en argent. Apparemment, les adultes bavardaient depuis un petit moment. Avalon jeta un œil sur Halley, encadrée par ses parents et le regard rivé au tapis. Ses cheveux était trempés, son jean délavé et son tee-shirt noir à manches longues collaient à sa mince silhouette. Elle avait dû marcher sous la pluie.

— Pourquoi ne pas venir t'asseoir parmi nous ? suggéra Martin à sa fille, en se levant pour lui indiquer le fauteuil qu'il avait occupé.

Elle fixa l'une des grappes de raisin sur la table, pour éviter à tout prix de croiser le regard de Halley.

Une fois tout le monde installé, la voix de Mlle Frey brisa enfin le silence :

— Je suis vraiment désolée, une fois encore, d'interrompre votre dimanche.

— Ne vous excusez pas, je vous en prie, répliqua aussitôt Constance, en lançant un regard sévère à

Avalon. C'est nous qui sommes navrés de gâcher votre dimanche.

Mlle Frey haussa les épaules et grimaça en s'avançant au bord du fauteuil :

— Eh bien… euh… Halley, Avalon, j'ai déjà exposé toute l'affaire en détail à vos parents.

La prof avait l'air angoissée, comme la participante d'un jeu de télé-réalité qui sait qu'on va bientôt la renvoyer chez elle.

— J'espérais ne pas être forcée d'agir ainsi la veille de l'élection du meilleur blog, mais comme vous avez ignoré ma mise en garde de manière on ne peut plus flagrante…

Avalon porta la main droite à son épaisse queue-de-cheval blonde qu'elle se mit à tripoter. Inutile que Mlle Frey aille plus loin. Avalon devinait la suite.

— Je vais devoir vous disqualifier, annonça la prof en murmurant presque, comme si elle avait peine à prononcer ces paroles à voix haute.

Avalon observa Halley à la dérobée, mais celle-ci était toujours assise comme un pantin désarticulé et fixait le tapis. Craignant de croiser le regard de ses parents, Avalon se tourna vers Pucci, laquelle dormait paisiblement, lovée sur elle-même, au coin du feu. Une vie de chien présentait certains avantages…

— Je regrette, poursuivit Mlle Frey, mais vous ne m'avez pas laissé d'autre choix.

Avalon entendit la mère de Halley s'éclaircir la voix, comme pour intervenir, mais un silence pesant envahit de nouveau le salon, uniquement troublé par le crépitement de la pluie sur le toit et les faibles ronflements de Pucci.

— Nous le regrettons aussi, dit Martin.

Avalon le regarda juste au moment où il fronçait les sourcils et secouait la tête d'un air dépité.

La perte de Halley n'avait pas seulement coûté à Avalon sa meilleure amie. À présent, son blog mode s'envolait en fumée... tout comme ses sorties, ses soirées, les bonnes notes sur son carnet scolaire... et la liste continuait.

Les regrets n'y changeraient rien.

Nos plus belles années

Les larmes dégoulinaient sur le visage de Halley, qui grignotait du pop-corn, assise dans son lit. Elle saisit la télécommande sur sa table de nuit et augmenta le volume de son écran plat HDTV, afin de ne pas perdre une miette des films tournés en famille que les Mam's avaient gravés sur DVD pour la soirée.

Halley n'avait pas ainsi ri aux larmes depuis des siècles.

Sur l'écran, les Mam's en minirobe Pucci et en bottes dansaient dans le salon des Greene avec leurs filles encore bébés dans les bras, coiffées d'un bonnet de Père Noël. Elles faisaient les folles et prenaient des tas de poses ridicules, un peu comme lorsque Halley et Avalon imitaient les danseuses les plus ringardes au cours d'une soirée pyjama. Sauf que les Mam's dansaient vraiment comme ça et se trouvaient très douées. Halley se demandait comment Avalon et elle avaient pu si bien réussir en gym avec des parents ayant si peu le sens du rythme.

Le rire lui faisait l'effet d'un massage relaxant et atténuait les nœuds de stress dans sa nuque et ses épaules. Maintenant qu'elles étaient éliminées du concours du cybermag, Halley ne serait en tout cas plus forcée de lire les rubriques assassines de la Fashion Blogueuse numéro 1 ni de trouver chaque fois une nouvelle riposte. Cependant, même après avoir affirmé qu'elle n'éprouvait rien pour Wade, elle ne pouvait s'empêcher de penser à lui.

Tandis qu'elle songeait au jour où il était venu chez elle, ici, dans cette même chambre – lorsqu'il avait dessiné un cœur sur la vitre –, Halley se demanda malgré elle si cette histoire entre Sofee et lui était vraiment sérieuse. Elle leva les bras et se frictionna la nuque et les épaules, tout en cherchant à chasser les images de Sofee et Wade de son esprit… mais celles-ci ne disparaissaient pas.

Sur l'écran, elle se revoyait maintenant avec Avalon le jour du barbecue organisé dans le jardin des Greene, pour fêter leur entrée au collège. Tandis que les filles alors âgées de onze ans riaient de bon cœur sur la vidéo, Halley songea à la soirée de la veille censée fêter leur amitié et qui s'était soldée par un horrible fiasco.

Ses yeux recommencèrent à la picoter, mais elle ne riait plus, cette fois. Elle bondit hors de son lit, s'approcha des portes vitrées coulissantes et les ouvrit d'un coup en sortant sur le balcon. Tout était sombre au-dehors. Elle entrevit alors une lumière vacillante dans la chambre d'Avalon. Est-ce qu'elle lui envoyait leur signal habituel avant de l'appeler sur le mobile ? Voulait-elle que Halley passe la voir ? Pour se réconcilier ? Le regard de Halley s'attarda sur la demeure des Greene, mais les fenêtres restaient plongées dans la pénombre… y compris celle d'Avalon. Halley était aussi la seule Brandon à la maison. Leurs parents avaient décidé d'emmener Tyler et Courtney au restaurant, en laissant les filles toutes seules… histoire de les punir. Et ce n'était que le début.

Halley regarda une dernière fois la fenêtre de sa voisine et se dit qu'Avalon avait dû se coucher. Au loin, pourtant, elle crut entendre quelqu'un siffler, puis traverser le palier à grand bruit. Halley retint son souffle et voulut rentrer dans sa chambre. Mais tout à coup, la porte s'ouvrit comme sous l'effet d'un courant d'air…

Escapade nocturne

— J'hallucine ! Tu ne m'as pas entendue crier ton nom ? hurla Avalon à Halley, l'air effrayée sur son balcon. T'as pas repéré l'ancien signal ?

— Si, bien sûr ! répondit Halley en souriant. Mais pourquoi tu ne m'as pas simplement appelée ?

— C'est ce que j'ai fait ! s'égosilla Avalon, incapable de se calmer. Un million de fois au moins !

Halley rentra dans la chambre et rejoignit son fauteuil-œuf, puis farfouilla dans sa sacoche jusqu'à ce qu'elle trouve son portable. Elle pressa deux ou trois touches, puis le remit dans le sac en haussant les épaules.

— Je crois que j'ai oublié de le recharger.

Bien sûr.

Le regard d'Avalon lançait des éclairs. Avec son tee-shirt blanc ultralarge et son pantalon de pyjama écossais bleu et jaune taché de graisse, et sans ses cheveux longs récemment lavés, Halley aurait pu passer pour son abruti de frère aîné. Sans problème. C'était si lamentable qu'Avalon ne trouvait plus ses mots.

— OK, je suis désolée ! reprit Halley en écarquillant les yeux, tandis qu'elle éteignait le DVD nullissime qu'elle devait être en train de visionner. T'as fait tout ce chemin pour me reprocher ma batterie de mobile à plat ou bien il y a une autre raison à cette visite qui n'est pas la bienvenue ?

— Pour le moment, j'ai pas de temps à perdre avec ces bêtises !

Avalon promena son regard sur la montagne de linge sale qui traînait par terre, les piles de bouquins près du bureau, et le sac froissé de pop-corn posé sur le lit.

— Où est Pucci ? demanda-t-elle.

— J'en sais rien. C'est toi qui en avais la garde, ce soir.

— Ouais, merci, je sais ! riposta Avalon, tentée d'ouvrir en grand les portes du placard de Halley pour voir si elle n'y avait pas caché la petite chienne. Mais ça fait une heure que je la cherche aux quatre coins de la maison et je la trouve nulle part. J'ai supposé que tu l'avais enlevée pour me faire payer la disqualification du concours… comme si c'était ma faute.

— Tu penses sérieusement que je suis la seule responsable dans cette histoire ?

Avalon ne pouvait même pas penser aux conséquences sur son carnet scolaire. Elle s'occuperait de ces problèmes plus tard. Pour l'heure, elle n'avait qu'une idée en tête… retrouver Pucci… saine et sauve, si possible.

Avalon n'était donc pas en colère… mais terrifiée. Où Pucci avait-elle pu aller ? Est-ce qu'elle était perdue ? Blessée ? Elle évita d'envisager les pires scénarios mais ne put s'empêcher d'imaginer le corps mutilé de la petite chienne, gisant au milieu d'une route inondée. Elle faillit éclater en sanglots.

— Pour l'instant, j'ignore laquelle de nous deux est la plus fautive, admit-elle enfin, la voix brisée par le désespoir. Tout ce que je sais, c'est que Pucci a disparu. Et si elle n'est pas ici, alors je sais pas où elle peut être.

Les filles coururent dans toutes les pièces de la maison des Brandon ; elles allumèrent toutes les lampes, regardèrent sous les lits, dans les salles de bains et les placards.

« Pucci ! Pucci ! Viens par ici, Pucci ! Viens voir maman ! »

Plus elles cherchaient, plus Avalon paniquait. Bientôt, il leur parut évident que Pucci ne se trouvait pas chez Halley. Pucci avait disparu. Et elles devaient mettre au point une stratégie pour la retrouver… sans plus tarder !

D'instinct, Avalon eut envie de rentrer chez elle, pour créer rapidement un tract sur son ordinateur avec les plus adorables photos de la petite chienne, qu'elle imprimerait en une centaine d'exemplaires… avant de les distribuer en faisant du porte-à-porte. Toutefois elle savait que le temps pressait. Elle regarda Halley droit dans les yeux et lui dit :

— Prends ton vélo. Rejoins-moi devant chez moi. Tout de suite !

À l'extérieur, une odeur de feu de camp flottait dans l'air un peu frisquet. Chaque maison de La Jolla avait dû en profiter pour allumer sa cheminée pour la première fois depuis des mois. Sous la lune aux trois quarts pleine et la lueur jaune des réverbères, les filles sillonnèrent de long en large toutes les impasses de leur quartier, situé au sommet d'une colline.

Une heure plus tard, elles étaient de retour au bord du trottoir de la maison d'Avalon… mais toujours sans Pucci. Même dans la pénombre, on distinguait les traces de larmes sur leurs joues. Avalon s'essuya le nez du revers de sa manche de sweat-shirt. Il était temps de passer au plan B.

— On imprime des *flyers* et on fait le tour des voisins, annonça-t-elle en essayant de rester calme, car paniquer ne servait à rien. Ou alors, on se dispense des *flyers* et on se lance direct dans le porte-à-porte.

— Mais il est 10 heures passées… et c'est dimanche.

— Ben qu'est-ce qu'on peut faire d'autre, sinon ? sanglota Avalon, qui n'arrivait pas à s'ôter de l'esprit l'image du petit corps inerte de Pucci étendu sur la route. On doit la retrouver.

— Allons vérifier chez toi encore une fois, suggéra Halley. Peut-être que les Mam's sont rentrées du restau et qu'elles sauront quoi faire.

Avalon accepta, tout en se demandant si elle avait bien fouillé chaque pièce de sa maison, tandis qu'elle se repassait le film dans sa tête. Mais lorsque les filles posèrent leurs vélos contre la demeure des Greene et se précipitèrent sur la porte d'entrée, elles furent accueillies par le silence et l'obscurité. Personne n'était encore rentré et elles avaient beau crier « Pucci ! Pucci ! », leurs appels restaient sans réponse.

Elles filèrent dans la cuisine et gagnèrent le patio qui donnait sur le jardin. Avalon alluma l'éclairage de la piscine. L'eau bleue miroitait sous la lumière, mais tout au fond aucun signe de Pucci.

Avalon traversa la pelouse, puis franchit la grille séparant les jardins mitoyens. Elles arrivèrent toutes les deux en courant dans celui des Brandon, au moment où il se remettait à pleuvoir. Halley referma le portail, tandis qu'elles continuaient à appeler la petite chienne.

— Ça sert à rien, finit par dire Avalon, en se laissant tomber dans l'herbe mouillée.

— On va… la… retrouver, insista Halley d'une voix entrecoupée de sanglots.

Elles s'agenouillèrent sur le gazon détrempé. L'humidité traversait le pantalon de jogging d'Avalon, mais elle s'en moquait. Pucci avait disparu, son amitié avec Halley était détruite et, sous cette pluie battante, elle avait l'impression que rien ne serait plus jamais comme avant.

— Attends ! s'écria Halley en la saisissant par le bras. T'as entendu ?

— Quoi ?

— Du bruit… par là-bas. Comme si on grattait.

Halley se releva d'un bond et désigna la vieille cabane de jeux à l'autre bout de son jardin.

— T'essaies de me flanquer la trouille ?

— Mais non, insista Halley. Viens.

Avalon frissonna. Pour un peu, elle se serait crue dans un film d'horreur et, comme elle avait trop peur de rester seule, elle suivit Halley… quitte à retrouver Pucci au péril de sa vie.

Une odeur de chien mouillé

Halley ouvrit d'un coup la petite porte en bois de la cabane, entraînant Avalon dans son sillage. Il y faisait frais, mais au moins elles étaient au sec. Tout en humant l'air renfermé où se mêlaient ses vieux souvenirs d'enfance, Halley décela une autre odeur… celle de Pucci toute trempée. La petite chienne bondit aussitôt sur elle, manquant la faire tomber à la renverse, et lui donna des petits coups de langue.

— Oh ! Pucci ! s'écria Halley en sanglotant de joie.

C'était la première fois qu'elle éprouvait un tel soulagement.

— C'est vraiment toi, Pucci Pucci Pooch ! renchérit Avalon, qui sanglotait aussi.

Halley tendit les bras et les étreignit toutes les deux. Les filles pleurnichaient encore, couvertes de terre, de sueur et de larmes, mais c'était fabuleux. Plus rien n'avait d'importance, hormis le fait que Pucci était saine et sauve.

— Comment t'as fait pour entrer là-dedans ? demanda Avalon à la petite chienne en séchant ses larmes.

Halley s'attendait à ce qu'elle l'accuse encore, mais aucun reproche ne sortit des lèvres d'Avalon.

Halley ne put s'empêcher d'éclater de rire. C'était là qu'elles avaient dessiné leurs premiers croquis de mode… confectionné les vêtements pour leurs poupées Bratz avec une petite machine à coudre en plastique rose… qu'elles s'étaient promis de diriger leur propre magazine de mode quand elles seraient grandes. Halley ôta son bras des épaules d'Avalon et lui prit la main en la lui serrant.

— On peut rentrer à la maison, suggéra-t-elle en passant l'autre main dans les poils mouillés de Pucci. Mais dis-moi d'abord quelque chose.

— Quoi ? hésita Avalon, un peu craintive.

— Tu te souviens des dessins de mode qu'on faisait ici ?

— Bien sûr, répondit Avalon.

— Et de notre serment, la main posée sur la pile des numéros vintage de *Vogue* ? Quand on s'est juré de diriger un jour notre propre magazine de mode ? Et tout ce qu'on s'est promis l'une à l'autre ?

— Ouais…, murmura Avalon d'une voix triste, comme pour s'excuser.

Le cœur de Halley s'emplit d'espoir.

— Qu'est-ce qui s'est passé depuis ? Qu'est-ce qui nous est arrivé ?

— J'en sais rien.

— Tu regrettes ?

Les mots sortirent de la bouche de Halley avant qu'elle puisse les retenir. Elle avait besoin de savoir.

Elle entendit la respiration haletante d'Avalon. Mais comme le silence s'installait peu à peu, Halley se mit à perdre tout espoir d'obtenir une réponse. Peut-être qu'Avalon s'en moquait désormais.

Tout à coup, son visage se déforma et elle fondit en larmes. Entre deux sanglots, elle finit par avouer :

— Je suis vraiment désolée… Pour tout. Je regrette vraiment, vraiment…

Halley n'en revenait pas. L'Avalon qu'elle connaissait depuis toute petite, avant de savoir s'habiller toute seule, avant même de comprendre ce que signifiait « meilleure amie », ne s'excusait jamais.

— Et toi, tu regrettes ce qui s'est passé ? s'enquit Avalon d'une voix paisible.

Halley soupira et sentit à nouveau les larmes qui menaçaient de couler… avant qu'elle trouve les mots pour répondre.

Unies dans l'épreuve

*P*our Avalon, le monde exhalait un délicieux parfum de fraîcheur après l'orage… comme des draps tout propres qui viennent d'être lavés. Le soleil étincelait dans le ciel sans nuages, plus bleu que jamais, et les collines verdoyantes de la SMS évoquaient la cité d'Émeraude du magicien d'Oz.

De toute façon, ce lundi aurait été parfait même sous la pluie. Avalon et Halley étaient redevenues amies. Pucci était saine et sauve. Elles formaient de nouveau une grande famille heureuse, prête à affronter l'adversité.

Après avoir cru ne plus jamais revoir Pucci, Avalon avait mûrement réfléchi à ce qui comptait le plus à ses yeux. En se réveillant, elle se moquait de ne plus être une Fashion Blogueuse avec Halley, d'avoir perdu le concours du cybermag, du fait que ses airbags soit la risée de tout le collège, ou même de se faire virer de l'équipe de pom-pom girls dans l'après-midi. Le plus important, c'était d'avoir retrouvé sa meilleure amie.

Tandis que Halley et elle marchaient main dans la main sur l'allée en brique pour se rendre à leur premier cours, Avalon était convaincue que tout était possible ce matin-là. Il y avait comme de la magie dans l'air.

— Génial, ton pendentif, dit-elle en souriant à Halley, dont les cheveux bruns ondulés brillaient plus que d'habitude, tandis que le médaillon gravé « Meilleures ennemies » étincelait par la fente du col mao de son petit haut BCBG violet.

Toute la tenue de Halley s'harmonisait à merveille avec le short en jean d'Avalon, sa chemise rose à jabot et ses ballerines assorties.

— Le tien aussi, répliqua Halley en lui rendant son sourire.

Avalon était décidée à tirer profit de ces deux semaines de prises de bec et de trahisons en tout genre. Halley et elle affronteraient tous les défis et triompheraient de tous les obstacles qui leur barreraient la route. Elle était même certaine que lorsque Brianna entendrait sa nouvelle façon de penser, elle comprendrait qu'elle avait au moins autant besoin d'elle que Halley.

— Hé ! s'écria celle-ci en lui pressant la main. Qu'est-ce qui se passe là-bas ?

Avalon contempla la rangée de pavillons au bout de l'allée, avec l'océan et les falaises au loin. Comme elles s'approchaient de la salle de cours, elles constatèrent que les élèves qui traînaient d'ordinaire sur la pelouse s'étaient séparés en deux groupes. Avalon remarqua que certains brandissaient des pancartes et portaient le même tee-shirt. C'était un piquet de grève ou quoi ? Peut-être que la nouvelle de leur disqualification avait déjà fait le tour du collège… Peut-être que leur public réclamait leur réintégration à cor et à cri !

— J'hallucine… Non, pas ça, murmura Halley lorsqu'elles se trouvèrent à quelques mètres.

Devant elles, sur la partie gauche de l'allée, les pom-pom girls et une dizaine d'autres élèves arboraient le même tee-shirt rose à manches raglan. Leurs pancartes portaient des slogans comme « Avalon, c'est la plus fun ! », « Avalon avec nous ! », « On soutient Avalon ! ».

Brianna se tenait devant le groupe et dirigeait les autres en hurlant à tue-tête : « Oui, elle est superbustée, mais aussi superdouée ! » Le groupe en rose braillait en chœur pour tenter d'étouffer les cris de ceux d'en face.

Les supporters de Halley se révélaient moins organisés, et moins lookés avec leur tee-shirt noir. On en dénombrait une quinzaine environ, et leurs écriteaux étaient plus petits, avec certains de leurs slogans rédigés à la va-vite sur une page de cahier… tels que « Halley a le droit de craquer ! », « Halley a le cœur brisé ! ». Une petite élève au look gothique en robe chasuble noire, collants noirs et Doc Martens vernis rouges, menait le groupe en hurlant une phrase aussi lamentable que les pancartes : « Halley, c'est la plus sympa ! Et l'amour triomphera ! »

Avalon sentit les larmes lui brûler les yeux en comprenant que tous ces élèves étaient venus prendre sa défense… à cause de ce que Halley lui avait fait.

Elle secoua la tête, comme pour tenter d'oublier toutes les méchancetés de Halley qui lui revenaient à l'esprit : Halley qui la traitait de « pom-pom brailleuse »… de « fausse blonde »… l'accusait de tricher sur son teint avec de l'autobronzant… et d'avoir les seins refaits. Et puis Halley qui pianotait sur son ordinateur, composant un poème où elle lui reprochait de l'avoir poignardée dans le dos. Halley était-elle vraiment surprise de retrouver Pucci dans sa vieille cabane de film d'horreur, la nuit dernière ? Et si c'était un coup monté comme celui de la vidéo du samedi soir ?

— On soutient Avalon, ricana Halley. Super, le slogan ! Peut-être qu'on devrait finalement mettre les vidéos airbags en ligne sur YouTube.

Encore ce jeu de mots bidon ? Avalon lâcha la main de Halley et se tourna pour la regarder en face.

Pouvaient-elles vraiment oublier tout ce qui s'était passé ? Est-ce que Halley regrettait sincèrement tout ça ? Pour Avalon, les yeux de Halley avaient toujours évoqué un ciel bleu azur et sans nuages. Tandis qu'elle scrutait le visage de sa meilleure ennemie, Avalon découvrit alors qu'ils avaient peut-être la couleur du ciel… mais juste avant l'orage.

Quelle meilleure ennemie es-tu ?

Tes meilleures ennemies préférées sont :
- ❏ a) Paris Hilton et Nicole Richie
- ❏ b) Charlotte et Samantha dans *Sex and the City*
- ❏ c) Brooke et Peyton dans *Les Frères Scott*

Qu'est-ce qui pourrait faire basculer ta meilleure amie en meilleure ennemie ?
- ☒ a) Elle est sortie avec ton copain en cachette
- ☒ b) Elle n'arrête pas de te critiquer dans ton dos
- ☒ c) Elle te contredit devant tout le monde

Tes coups bas pour piéger ta pire ennemie seraient :
- ❏ a) Dire en public de qui elle est amoureuse
- ❏ b) Lui faire croire que son père l'attend à la sortie de la fête pour la ramener chez elle
- ☒ c) Ne jamais lui rendre sa tenue préférée qu'elle t'avait prêtée

Qu'est-ce qu'en secret tu admires
chez ta meilleure ennemie ?
- ❏ a) Sa chance avec les garçons
- ❏ b) Son corps digne d'un mannequin
- ☒ c) Son humour et sa repartie à toute épreuve

Il te faut maintenant trouver
une nouvelle « meilleure amie »... Tu choisis :
- ❏ a) Ilona, la reine du bahut, qui déteste ton ancienne meilleure amie
- ☒ b) Charlotte, celle qui allait prendre ta place auprès d'elle
- ☒ c) Tu préfères attendre d'être certaine que votre amitié n'existe plus

Qu'est-ce qui pourrait te réconcilier
avec ta meilleure ennemie ?
- ☒ a) Qu'elle te présente ses excuses
- ❏ b) Qu'elle t'offre le cadeau de tes rêves
- ❏ c) Te retrouver dans un même coup fourré avec elle

— Réponses —

Compte le nombre de a, b ou c que tu as cochés
et découvre quelle meilleure ennemie tu es !

Tu as un max de a) : *L'intraitable*
Soit tu adores, soit tu détestes ! Il en est de même avec ta pire
ennemie avec qui tu n'es pas prête à te réconcilier. Pour toi le pardon ou les excuses sont des faiblesses. Et depuis la dispute, tous
les coups sont permis… Personne n'aimerait être ta pire ennemie !
Mais fais attention, même si elle t'a peut-être fait du tort, ta
meilleure ennemie est un être humain que tu pourrais profondément blesser… Alors avant de préparer ta prochaine vacherie,
réfléchis aux conséquences.

Tu as un max de b) : *L'indécise*
Ta meilleure ennemie t'a fait un sale coup, mais tu reconnais avoir
ta part de responsabilité dans vos querelles. Tu ne souhaites pas
pour autant tourner la page. Tu ne te sens pas non plus prête à lui
pardonner, encore moins à t'excuser. Mais parfois tu regrettes
l'époque où vous vous entendiez bien… Tu joues la garce mais au
fond tu l'apprécies. Ah, rien n'est simple, surtout en amitié !
Alors un p'tit conseil, mets de l'eau dans ton vin et peut-être que
votre chère amitié renaîtra de ses cendres !

Tu as un max de c) : *La nostalgique*
Ta meilleure amie est devenue ta pire ennemie, elle est pourtant
irremplaçable. C'est pourquoi tu souhaites t'excuser ou bien pardonner sans attendre, parce que votre désaccord repose seulement
sur un coup de colère ou un malentendu. Pour toi le pardon est
une force, et tu as bien raison !
Mais fais attention de ne pas être la seule à penser ainsi, car tu pourrais bien te brûler les ailes et le regretter encore plus.

À découvrir dans le tome 2...

À la vie, à la mode

TOUJOURS CHIC ET JAMAIS TOC !

Fausses notes à la soirée !

Posté par Avalon, le mardi 30 septembre
à 7 h 07 du matin

Si vous étiez à l'événement de la rentrée samedi dernier (organisé par vos blogueuses préférées), vous avez sans doute remarqué certains looks qui faisaient *peine à voir* tellement ils tombaient à côté de la plaque. Mais au cas où vous les auriez manqués (même si ça semble peu probable), voici un bref compte rendu des pires Beurk de la soirée :

1. Heather Russell. Évite de piller la garde-robe des Pussycat Dolls, merci ! Désolée, Heddy, mais tu confonds jupette et serre-tête... Car ce minuscule bandeau en similicuir brillant, c'est uniquement pour les cheveux.

2. Jenny Morgan. Rassure-nous, par pitié ! Cette peluche en guise de col, c'était bien de la fausse fourrure ? Rien à voir avec l'adorable chinchilla que tu avais amené en cours de sciences à l'école primaire, j'espère ? Quoique... ça expliquerait les marques rouges que t'as sur le cou depuis l'autre soir. On t'excuse, alors... mais pas pour la fourrure !
3. Tyla Walker. Le tutu, c'est too much ! J'apprécie l'effort de look, ma chérie, mais c'était une fête fa*shion*, pas une audi*shion* pour le *Lac des cygnes*.

Soyez glamour avec humour,
et bon shopping !

Halley Brandon et *Avalon Greene*

P.S. : Oui, les rumeurs sont fondées. Peu importe ce qui s'est passé entre nous à la soirée, le duo Hal-Valon est de retour avec une pêche d'enfer. YEAAAH ! ;-)

P.P.S. : Total respect à vous qui avez su dénicher le nouveau site web du blog le plus adulé du cybermag de la Seaview Middle School ! Après avoir été disqualifiées du concours pour notre virulence, on redémarre ici avec des conseils fashion plus percutants et plus... virulents que jamais !

COMMENTAIRES (59)

Youpi ! J'savais que vs seriez pas fâchées pr tjrs. Ce blog est Gnial ! (*Idem* pr la soirée, au fait. Vs avez aimé ma robe ??? SVP, dites OUI !)
Posté par blaguapart le 30/9 à 7 h 23.

Waouh ! C sérieux ? Moa j'pardonnerais jamais à celle ki révèle à tt le monde le nom du gars ki m'fait flasher. Halley, T vraiment trop sympa ! Kess t'attends pr mettre Avalon KO ? Allez, Halley ! Allez, Halley !
Posté par princesse_rebelle le 30/9 à 7 h 26.

OK avec toi, princesse_rebelle. Chuis pas sûre de croire que vs 2 soyez ressouD... En tt cas, c'qu'Avalon a fait est impardonnable.
Posté par primadonna le 30/9 à 7 h 29.

Ce nouvo blog Dchire 1 max ! Le seul truc + sexy, C la vidéo d'Avalon à la gym. J'me suis pas remise de voir ses doudounes gigoter en rythme sr la chanson D Dead Romeos. TROP FUN ! Chuis contente que t'en rigoles, Av. C trop... hmm... Gnéreux de ta part ! ;o) ;o) ;o)
Posté par look_d_enfer le 30/9 à 7 h 34.

Ben, moa Gmais bien le tutu de Tyla ! Mais OK pr le serre-tête et la boule de pwals ! (L'info du jour : les marques sr le cou de Jenny C Jordan Campbell. Ce gars est 1 vampire total. Sérieux. G eu droit o même suçon. ;-)
Posté par radio-potins le 30/9 à 7 h 46.

Blog nul, comme d'hab. Vs voulez du journalisme sérieux, lisez les vraies GAGNANTES du concours du cybermag : Margie & Olive. Cliquez sr ce <u>lien</u> vers leur super-blog INFO-SANTÉ.
Posté par grenouille_de_labo le 30/9 à 7 h 59.

À la vie, à la mode

— Tu ne trouves pas ça géant ? s'exclama Avalon Greene, qui surgit derrière Halley Brandon et lui pressa affectueusement l'épaule.

Leur petite chienne Pucci, issue d'un croisement de golden retriever et portant le nom du styliste préféré de leurs mères, avait suivi Avalon dans la chambre. Elle bondit sur le fabuleux dessus-de-lit hippie chic et commença à baver sur son nouveau jouet à mâcher : un minisac couineur Chewy Vuitton.

— Et c'est que le début ! s'enthousiasma Halley, des étoiles dans ses yeux bleu azur.

Elle pivota dans son fauteuil-œuf, en se détournant de la page d'accueil de leur tout nouveau blog *fashion*, et sourit à Avalon.

À présent qu'elles avaient abandonné *SMS Jour après jour*, le cybermag de la Seaview Middle School, leur première rubrique mode étincelait en rose et or sur l'écran de son iMac.

— Bye-bye, mademoiselle Frey ! s'écria Avalon, moqueuse, en attrapant Halley par les mains pour la hisser hors de son fauteuil.

— Et adieu au concours-pour-les-nuls.com ! gloussa Halley.

Les filles commencèrent à danser au rythme de *Material Girl* de Madonna qui sortait des baffles de l'ordinateur. Halley saisit la télécommande pour augmenter le volume, puis se lança avec son amie dans un enchaînement qui datait d'avant le récent passage d'Avalon de l'équipe de gym dans celle des pom-pom girls. Pucci aboya et les pourchassa dans la pièce, jusqu'à ce qu'un cri défiant le mur du son les interrompe en plein mouvement.

— J'hallucine ! hurla Tyler, le frère aîné de Halley.

Visage blafard, le lycéen se tenait à l'entrée de la chambre en se bouchant les oreilles.

— Un problème, Tyler ? dit sa sœur avec un sourire en coin, absolument pas gênée par la musique qui faisait vibrer les vitres au risque de les pulvériser.

— J'ai cru qu'il y avait un tremblement de terre ! dit-il, les yeux exorbités.

Il secoua la tête en prenant un air horrifié et ses cheveux bruns ondulés retombèrent sur son visage parsemé de taches de rousseur, puis il ajouta, main sur la hanche, en minaudant :

— Mais c'était juste *Hal-Valon : concert spécial Retrouvailles* !

— Euh… C'est *ça* qui t'a effrayé ? intervint Avalon, prête à faire une remarque sur son look de golfeur raté.

Elle se rappela soudain qu'il leur avait donné un sérieux coup de main la veille au soir pour créer leur nouveau blog sur le Net, et changea aussitôt d'attitude.

— En réalité, c'est ton look d'enfer qui fait peur ! J'ai failli ne pas te reconnaître. Ce polo est... effroyablement *adorable* ! dit-elle en souriant jusqu'aux oreilles.

Elle ne mentait qu'à moitié. Le polo bleu ciel s'harmonisait quasi parfaitement avec ses yeux ; en l'associant au treillis kaki délavé et aux baskets Chuck Taylor blanches, ça lui donnait un vague look intello-cool.

— Ce vieux truc ? rétorqua Tyler en plantant son regard dans celui d'Avalon.

Il s'avança en paradant jusqu'au lit de sa sœur puis fit demi-tour, façon top model.

— Marrant, dès que je l'ai mis ce matin, j'ai pensé à toi, Avy, ajouta-t-il d'une voix sexy. *Ciao bella !*

Et dans un geste flamboyant, il disparut.

— Pfft ! gloussa Halley. Mon frère est encore plus cinglé que je ne croyais !

— Non, sérieux, grimaça Avalon en repoussant une longue mèche de cheveux blonds derrière son épaule, t'as de la chance que ce ne soit pas génétique.

— Ouais, sauf qu'il est génial quand il se sert de ses super pouvoirs en informatique, remarqua Halley en se rasseyant devant son ordinateur. Cinglé ou pas, Ty a tout bouclé hier soir, mine de rien.

— Exact, approuva Avalon en la rejoignant afin d'admirer de plus près leur nouveau blog pour au moins la centième fois depuis sa création.

Ça dépassait leurs rêves les plus fous. L'idée d'un site Web était venue à Avalon dans un moment d'inspiration intense, juste avant de se coucher. Elle avait aussitôt enfilé son peignoir rose Barefoot Dreams et ses mules Ugg bien douillettes, puis franchi le portail séparant son jardin de celui de Halley, pour filer direct dans la chambre de sa meilleure amie. Quelques minutes plus tard, après avoir confié son idée à Halley, Avalon enregistra le nom de domaine et s'attela à la tâche, aidée de Tyler pour la partie technique. Mais si Avalon et lui avaient apporté leur contribution, ce fut le dessin réalisé par Halley qui rendit le site Web spectaculaire : les deux filles, l'air adorablement horrifié par les tenues affreuses qu'elles lançaient dans la gueule baveuse de Pucci ! Bref, c'était furieusement *fashion*. Non, mieux que ça encore… c'était *fantachic* !

— J'adore le logo ! s'extasia Avalon, les mains sur le cœur.

Elle était convaincue que le site des Fashion Blogueuses alimenterait les conversations de tout le collège, voire de toute la ville de La Jolla, et qu'on en parlerait même jusqu'à San Diego, la grande métropole voisine. Peut-être qu'elles deviendraient des stars internationales, célèbres pour leurs commentaires *fashion* féroces mais justes !

— Heureusement que t'as suivi ce cours d'infographie à ton stage artistique.

— Je savais que ça me servirait un jour, dit Halley en souriant.

— T'avais raison… pour une fois, pouffa Avalon. Franchement, ce blog est déjà tellement plus cool que notre rubrique pour le concours, non ?

— Absolument, acquiesça Halley en entortillant une longue mèche de ses cheveux bruns autour de son index. C'est sans doute la meilleure idée que t'aies eue depuis… toujours !

Avalon plissa le nez et frissonna de plaisir en pensant à l'avenir. Ça faisait des semaines qu'elle n'avait pas été aussi heureuse. Et malgré toutes les choses horribles qu'elles avaient vécues depuis que Halley était revenue de son stage, le duo Hal-Valon se révélait plus fort que jamais. Dès ce matin, en voyant l'adorable ensemble de Halley – une blouse paysanne blanche sous un gilet en velours noir, portée avec un jean slim et des chaussures en vernis rose à semelles compensées façon couture –, elle avait compris sur-le-champ qu'elle avait retrouvé sa meilleure amie. Bref, tout ce qui clochait entre elles et menaçait de saborder l'année de quatrième était définitivement relégué au week-end précédent.

— Hé ! on a des commentaires ! annonça Halley.

Avalon souriait à en avoir le vertige lorsqu'elle se pencha par-dessus l'épaule de Halley pour lire les dernières réactions à leur premier *post*. Elle espérait voir l'enthousiasme de la première commentatrice contaminer leurs autres lectrices. Pourtant, à mesure que les mots défilaient sous ses yeux, elle se sentait blêmir. Impossible de trouver des réactions plus anti-Avalon ! Une boule grossit dans sa gorge, qu'elle tenta de chasser en toussotant, juste au moment où Halley s'étranglait de stupéfaction. Toutes les deux éclatèrent de rire pour masquer leur choc.

— Waouh ! lâcha Avalon, faussement ravie, tout en se tripotant nerveusement une mèche de cheveux. On dirait que l'équipe Halley a découvert le site.

— Pourquoi tu dis ça ? demanda Halley, qui se tourna et leva sur elle de grands yeux innocents.

— Pourquoi, d'après toi ? répéta Avalon en essayant de ne pas s'énerver.

Mais c'était trop tard… Elle mordilla ses lèvres fardées de gloss, puis sauta sur le lit pour faire un câlin à Pucci.

— Tu devrais m'étrangler pour avoir révélé le nom du gars qui te faisait craquer ! Tu oublies la diffusion de la vidéo trop fun de mon enchaînement de gym ?

— Pfft ! souffla Halley en levant les yeux au ciel. Si j'ai bonne mémoire, t'avais… disons… une cinquantaine de supporters qui t'acclamaient hier au bahut… et qui t'ont offert ton déjeuner… et trois sortes de smoothies après l'entraînement des pom-pom girls.

Avalon dut bien l'admettre en souriant. Ses partisans – menés tambour battant par Brianna Cho, la capitaine des pom-pom girls – l'avaient drôlement soutenue. Mais quand les supporters de Halley avaient commencé à brailler des chansons d'amour en plein milieu de la cour… c'était pi-to-ya-ble ! Halley avait dû se sentir bien plus gênée en entendant *Beautiful* de Christina Aguilera pendant le repas qu'au moment où Avalon l'avait chanté le samedi soir, en modifiant un peu les paroles pour révéler le nom du garçon qui faisait flasher Halley.

Cependant, l'inquiétude envahit tout à coup Avalon. Et si toutes celles et tous ceux qui lisaient le blog se rassemblaient derrière Halley ? Et si tout le monde considérait Avalon comme la méchante, en oubliant qu'elle s'était réconciliée avec Halley ? Et si les supporters d'Avalon ne trouvaient jamais le nouveau blog sur le Web, ou, pire encore… si tout leur groupe se séparait ?

— Arrête de te prendre la tête, enfin ! marmonna Halley en fronçant les sourcils. C'est précisément pour ça que c'était important de créer ce blog.

— Rappelle-moi encore pourquoi, au juste ! demanda Avalon en faisant la moue tandis qu'elle caressait le ventre de Pucci.

— Pour que tous les élèves comprennent qu'on est réconciliées, insista Halley, et qu'on fait front commun pour sauver l'école… Il y a eu suffisamment de fausses notes *fashion* à la soirée, alors, pas la peine d'en rajouter !

Tout en inclinant la tête d'un air pensif, Avalon effleura le bandana orange et marron de Pucci, parfaitement assorti à son débardeur en soie dans les tons beige et mandarine.

— C'est la stricte vérité ! s'écria Halley en rejoignant Avalon et Pucci pour les serrer dans ses bras. Grâce aux Fashion Blogueuses sur le Net, tout le monde va se retrouver dans la même équipe, celle du duo Hal-Valon pour la vie ! Et tout ça grâce à ton idée de lancer ce nouveau blog.

Avalon rendit enfin son sourire à son amie. Bien sûr, Halley avait raison. Rien ne pouvait les arrêter quand elles se serraient les coudes. Et maintenant qu'elles étaient réunies, rien ne s'opposait à ce que la quatrième soit la meilleure année de leur vie.

Imprimé en Espagne
Dépôt légal : février 2012
ISBN : 978-2-7499-1537-1
POC 0003